マルクス
最後の旅

DIE LETZTE REISE DES KARL MARX
Hans Jürgen Krysmanski

ハンス・ユルゲン・クリスマンスキ＝著
猪股和夫＝訳
太田出版

カール・マルクス、1882年4月28日、アルジェにて

撮影：E・デュテルトル

マルクス最後の旅

目次

Japanese language edition published in arrangement with Westend Verlag
through Meike Marx Literary Agency, Japan

はじめに

カール・マルクスの晩年の足跡をたどっても、その著作を理解するのに役立つようなことはあまり出て来ないだろう——どうやら、それが大方の研究者や伝記作者の見方であるようだ。

だが、そんな短いあいだでもマルクスはまったく新しいことを経験し、そして、そうした経験が部分的なものであろうとも、自分なりに咀嚼《そしゃく》し消化したにちがいないのである。生まれて初めてヨーロッパを離れ、新たに感じるところがありながら、大きな図書館もなければ知的な環境が整っているとは言いがたい旅先では独りで考えをめぐらすほかなく、植民地政策の現実を目の当たりにし、（偶像と化した）己の相貌を根底から変え、モンテカルロのカジノ・ブルジョアジーに潜りこみ、「自分にはまだどれだけの時間が残っているのか？」との問いを始終くりかえしつつ、火酒入りのミルクを飲み、通俗小説を片っ端からむさぼるように読む……。
本書は、もともとは映画を創るためのアイデア集めとして始めたものだが、こうして集めた素材の一つひとつを見ていただければ、いちだんと視野が開け、なおかつ――ささやかなイマジネーションの遊びは別として――歴史的事実の地平にとどまっていることがおわかりになるだろう。ヴェーラ・シュティルナーとヒストラーブ（謎めいたメモの山）はフィクションである。しかし、だからこそ真実に迫れるということもありうるのだ。

二〇一四年四月、ハンブルクおよびミュンスターにて

プロローグ

一八八二年四月二十八日、アルジェ、カスバ。バザールのような店構えの戸口にE・デュテルトル理髪店と記した表札がかかっている。段差のある階段を降りてなかに入ると、店舗の奥にもう一つ部屋がある。その部屋の入り口の上にはE・デュテルトル写真店とあり、室内は天窓からの光で明るい。そこにカール・マルクスが暗幕を背にして座り、今から肖像写真を撮ってもらおうとしている。カメラマンはスタジオカメラの後ろに立ち、黒い布をかぶっている。

マルクス「マスター、なるべく自然な仕上がりにしてくれよ。胸像写真は顔が肝心だ、少しくらい体の具合が悪くたって、いい顔をするからさ!」

落ち着いた穏やかな視線をカメラに向ける。

デュテルトル（構えたカメラのピントグラスにはこれが最後となるマルクスの像

が逆さになって映っている）「じっとしててください。はい、けっこうです。ムッシュー、焼き増しは何枚ほどご入り用ですかな？」
「十枚は要るな、娘三人のほかに友人にも渡すんで」
そう言い終えると、マルクスはすっと立ち上がり、店の手前にある散髪用の椅子に移った。その日の夜、彼はエンゲルスに宛ててこう書いている。「ちなみに、僕は今日の昼日中に予言者髭《ひげ》を剃り落とし、法曹かつらみたいな頭もばっさりやった。ただ（娘たちには今のままのほうがよいと言われているので）アルジェの床屋の祭壇に髪の毛を供える前に写真を撮ってもらったよ」[1]
こうしてカール・マルクスは、一八八二年の四月もまもなく終わろうかという日に、外見上は別人となったのだった。

第1章

ロンドンから地中海岸へ

一八八二年一月十九日、ロンドン。カール・マルクスはメイトランド・パーク・ロードの書斎にいた。光あふれる室内、壁には書棚が並び、本がぎっしりと詰まっている。さらには、新聞や原稿の束が天井に届かんばかりにうずたかく積まれ、暖炉とは反対側の壁の窓際にある二つのテーブルには書類や本や新聞が無造作に置かれている。ほどよい光に包まれて中央に陣取るのは、この部屋の主が座る小ぶりな木製の書きもの机と肘掛け椅子だ。ほかには、暖炉のそばに革張りのソファがあり、マントルピースに同じように本が積まれ、葉巻、マッチ、タバコ入れ、文鎮、写真などもそこに一緒に置かれている。[1] フリードリヒ・エンゲルスとヘレーネ・デームート（この家の家政婦）が入って来た。

エンゲルス「じゃ、モーア、行きましょう」

ヘレーネ「買い物も忘れないでくださいね……」

マルクスとエンゲルスは家を後にした。ヘレーネは氷雨の降るなか玄関に立ち、なお何か後ろから二人に声をかけた。二人が急いでいるのは、近くにあるエンゲルスの家で客人が待っているからだ。マルクスはいつにもまして険しい目つきをしている。最前、ドイツのブルジョア新聞がこぞって、最愛の妻イェニィが亡くなった後は彼も死に瀕していると報じているのを目にしたからだ。愛する者を失ったマルクスの嘆きは深く、健康もすぐれない。だが、彼はこう言い放っている。「実におもしろい。こんなことを書きたてる新聞のためにも、世をはかなんだ男とやらは、ぜがひでももう一度活動能力を身につけなければいかんな」[2]

エンゲルスは——マルクスの家族からは英語の発音そのままにジェネラル（将軍）という綽名《あだな》で呼ばれていた——以前から、肺を病んでいる友人に徹底的な療養に努めるよう勧めていた。というのも、ワイト島の海辺に短期間保養に行ったものの、思わしい結果が得られなかったからだ。

二人は近くの跨線橋までやって来た。エンゲルスのオーバーコートのポケットから丸めた新聞が突き出ている。マルクスが吸いかけの葉巻でそれを指して言った。

「フレッド、すまんが、僕が死にかけてるなんて書いてあるのは始末してくれんか」

葉巻を大きく吸いこむ。

「あ、そうそう、忘れてたが、きみが僕にヴェントナーでの療養にと都合してくれた四十ポンドは全部使ってしまった。家計にまわせる金がなくなったものだから、レーンちゃんが困ってる」

そこで咳きこんでしまい、葉巻を投げ捨てた。

エンゲルスがオーバーを掻きあわせながら言った。「来週になれば、ある程度まとまった金が使えるようになります」

ポケットから顔を出していた新聞が落ちそうになった。マルクスはひったくるようにしてそれをつかむと、びりびりと引き裂き、橋からばらまいた。

エンゲルスはそれを平然と眺めている。「これだけ元気なら、南に旅しても大丈夫そうですね」

マルクスはぶつぶつと言った。「プロイセンの連中は僕がさっさとくたばればいいと思ってるようだが、そうは問屋がおろさんぞ。こうなったからには、うんと長生きしてやる。[3] だが、何でアルジェなんだ？」

「イタリアに行ったら逮捕されるからです。それに、あなたにはパスポートがない」

マルクスは考えた。「この呪わしい病が脳まで冒すものでさえなければ……」[4]

マルクスを温暖な地で長期間療養させようと、資金面での条件を満たしてやったのは裕福な友エンゲルスである。さしあたりアルジェに行き、そこにしばらく滞在すれば、(エンゲルスに言わせれば)『資本論』の続巻を執筆する妨げとなっている苦痛が緩和されるはずだからだ。ムーア人の土地に築かれたフランス植民政策の拠点はイギリスの上流階級ひいきの保養地だ。当然、お金のかかる旅となる。だが、この二人のあいだの金銭的な共生関係は今さら言うまでもないことだ。もっとも、お金が注ぎこまれたのは、どちらかと言えば、知識、とりわけ未来につながる知識とは別のところだった。十九世紀に一般的だった飽くなき探究心がそれに見合う成果を手にしたのは森羅万象という具体的なものを対象にしてだった。この四十年のあいだに二人で築き上げたシンクタンクにはすでに知への比類のない意志が育っている。

「いよいよだな」自分の病気が悪化したとき、マルクスはそう言った。

するとエンゲルスがたしなめるように応じた。「でも、今回は別です」
この時点から先、マルクスが考え、書きつけたものは、すべて彼の旅行手荷物に、特製の分厚いバインダーに、あるいは娘たちやエンゲルスや友人たちに宛てた手紙に収まっていると言っていい。ロンドンに残る人と南へ旅立つ人、この両人の胸中には、自分たちが進めてきた大がかりな資本の分析や確固たる歴史観がいちだんと拡張され新たな展望も開けるかもしれないという予感がある。世紀末の世相と、「新思想家」数人が公表した権力への意志が、二人の老いた啓蒙思想家を挑発する。だが、この二人は労働者階級の組織のことばかり考えるのはとうにやめ、新興の所有者階級の核心――証券取引所で生み出される富の核心――を突いてやろうと思っていたのだった。

つまり、マルクスとエンゲルスがふだんから収集整理に努めていたこの時代についての知識は、もはやヨーロッパや北アメリカにおける新たな労働運動のコンサルタントのためのものとは限らなくなっていたのである。それよりも二人が望んでいたのは、とりわけ知りたがっていたのは、あちこちに蔓延する証券取引所を革命のためのアルキメデスの支点にするにはどうすればいいかだった。

エンゲルスとマルクスのロンドンの住居は私設の研究所といったありさまで、政治亡命者や助言を求める革命家や知識欲旺盛な教授たちがひっきりなしに出入りしていた。一八八二年一月十九日のこの日には、ザクセンの小人数の労働者代表団とロシアの革命家グループがエンゲルスの家を訪れ、マルクスが来るのを待っていた。その人たちのなかにはヴェーラ・イヴァノーヴナ・ザスーリチもいた。[5] まだ若く、可愛らしい凛とした顔立ちの女性である。このナロードニキたちは英語はほとんどできないが、流暢なドイツ語を話し、「時代の革命的状況」について次々と質問を発しては答えを求めた。ザクセンの人たちはおとなしく聞き入っている。エンゲルスの連れ合いのリジィが紅茶とクッキーを運んで来た。

ヴェーラ・ザスーリチは以前マルクスに宛てて出した手紙のなかで、歴史は常に一定の型にしたがって展開していくものなのかどうか知りたがっていた。[6] ロシアに広く行きわたっていた共同所有にもとづく村落共同体が資本主義によって壊滅させられるという歴史的必然性はあったのか、そして、そうであれば、その瓦礫のなかから世界社会主義が建設されることはありうるのか？　マルクスとエンゲルスは一八四八年の『共産党宣言』（それはヴェーラ・ザスーリチによってみごとにロシア語に翻訳されていた）において、またその後の『資本論』において、世界史の鉄の歩みをそのように詳細に記述していなかったか？　しかし、それは、ひょっとすると、西ヨーロッパおよびその分派とも言える北アメリカにしか当てはまらないのではないか？　ロシアにおいては、村落の共同体という世界から社会主義への直接の移行は、事前のカオスなしにはありえないのではないか？

そのヴェーラが今マルクスに面と向かって訊いている。封建制の私的所有が資本主義の私的所有へ、そしてやがて社会主義の共同所有へと変化する道は、農民の共同所有から社会主義の共同所有へと――たとえ、その間に私的資本主義の過渡期が現れ出ようとも――変化することも考えられるロシアの道とは別ものではないのか。ふつうの人が聞いたらめまいを起こしそうな質問ばかりだ。

マルクスはこの議論に積極的に参加しているようには見えない。ザクセンの人たちは呆気にとられて押し黙り、すっかり聞き役になっている。若いナロードニキたちがたたみかけるように尋ねる。「この後に続く革命のステップとはどんなものでしょうか?」

マルクスは理論的に高度な答えを見つけようと努めている。世界を全的にとらえる視点が必要だ、世界モデルだ、そして、その中心となるのは世界規模の株式投機だ。しかし、この理論はまだ人に話せるところまではいっていない。それを察してか、エンゲルスが話を引き取って言葉豊かに解説をしはじめ、合間にドイツ社会主義労働者党についてのエピソードや、ヴィルヘルム・リープクネヒトとアウグスト・ベーベルが帝国議会で冒した企て、二人の懲役刑や追放劇についての逸話なども差しはさんだりした。しまいにはリジィに指図してお茶を出すのをやめさせ、みずから地下室へ行き、ザクセンの若者にも手伝ってもらってワインとビールを持って来た。

一八八二年二月十六日午後三時、パリ、リヨン駅。カール・マルクスが三人の若い女性にエスコートされ駅前のにぎやかな広場を歩いている。女性は三人ともマルクスの娘で、先頭に立ってずんずんと進んで行くのはいちばん年下のエレナ――愛称タシィ――だ。目を輝かせ、黒い髪を風になびかせながら、マルクスの重たげな外套《パルトー》、「犀《さい》のようなオーバーコート」を肩に羽織っている。ほかの二人は三十代の終わり、それぞれ、いかにも都会の知識人という風貌の夫と腕を組み、マルクスに歩調を合わせている。そのグループのまわりで四歳から六歳までの男の子三人が戯れている。男の子たちの母親はマルクスの長女のイェニィで、父親のシャルル・ロンゲは今はジャーナリストだが、社会主義の政治家としても有名で、パリ・コミューンの蜂起にも加わった古強者である。ロンゲが手にしているのは重い黒いトランクだ。真ん中の娘ラウラの夫、ポール・ラファルグも同じく社会主義の作家である。こちらは家に『怠け礼賛』の校正刷りを置きっぱなしにして、マルクスのもう一つの手荷物である格子縞の大きな旅行バッグの運び役になっている。タシィはジャーナリストのリサガレーと結婚の約束までしていたのだが、父親の猛反対に遭ってやむなく別れたばかりで、それもあってか、独り逃亡中の身の上のようにも見える。ともあれ、そんなふうにしてマルクスは家族に囲まれ、待望の療養へ向かおうとしていた。

「パリ・リヨン・地中海鉄道」の列車はすでにホームに入っていて、出発の準備はできていた。カール・マルクスは娘や婿や孫たちに囲まれながら、一等のコンパートメントに乗りこもうとした。手荷物はポーターや車掌の手でコンパートメントに運びこまれている。イェニィが袋を、タシィがオーバーコートを差し出した。男の子たちは片時もじっとしていない。

イェニィ「はい、残りの薬！」

タシィは父親の綽名を使う。「モーア、これを着て。ほんと、犀の皮みたいなコートよね。寒いから、ちゃんと着てね」

男の子たち「おじいちゃん、着なよ、ほら、着なよ」

マルクスはその分厚いみっともないものを羽織ると、声を出して笑った。が、すぐに激しく咳きこんだ。胸に手をやり、悲しげなまなざしになった。

イェニィのほうを向き、つぶやくように言う。「イェニィ、何とか持ちこたえられるといいんだがな。どうしてもママのことを考えてしまう」

と、ロンゲが一冊の本を高く掲げながらみんなの前に出て、それをマルクスの手に押しつけた。ギュスターヴ・フロベールの『聖アントワーヌの誘惑』だ。「お義《と》父《う》さん、これを読んで、ほかのことを考えるようにしてください」

パパが自分を聖アントニウスと感じることがあるとすれば、世紀末の誘惑と闘うことになるのだろうか？　そんなことを思いつつタシィは少しわきに寄った。ハンドルをまわしてコンパートメントの窓が下ろされると、ラウラとラファルグがその窓越しに火酒を一瓶差し出した。列車が動きだし、家族がいっせいに手を振って見送った。

この旅の目的はあくまで病気に冒された体の療養である。出版社に原稿を渡す約束があるわけでもなければ、国際会議で演説する予定も入っていない。これまでの保養旅行のときのような守るべきルーティーンもない。そんな旅では否が応でも自分が今乗っている乗り物が意識され、心が不安に揺すぶられる。どうしてこの大陸を鉄の道が、蒸気で走る鉄道が突っ切ることになったのか？　いや、蒸気機関さえもう古めかしく見える。ケーブルを通して電気の力がどこまでも音もなく苦もなく運ばれるようになり、あちこちで新種の原動機やダイナモやタービンが動くようになった。生産手段が総動員されているのだ。住宅やホテルやペンションの部屋には水が流れ、電気が通じはじめた。それに、何よりも電信ケーブルが二つの大陸をつなぎ、お金を払うに値する情報を運んでいる。マルクスは短い眠りに落ちた。

カール・マルクスはパリ・リヨン・マルセイユを結ぶこの列車の一等のコンパートメントの唯一の乗客だった。出発直後、若い女性が手荷物をかかえマルクスのコンパートメントをあわてて通り過ぎて行った。一瞬、互いの視線が交錯した。その黒髪の女性にマルクスはカールスバート（現在のカルロヴィ・ヴァリ）で一緒になったゲルトルート・クーゲルマン（友人であるルートヴィヒ・クーゲルマンの美貌の妻）の面影を見たような気がしていた。目覚めると、その女性がまた意識にのぼってきた。マルクスは生涯にわたって贅沢には頓着しなかったと言えるような人ではなく、多少やりくりはしなければならないにしても、今も裕福な英国紳士のような旅をしている。外が暗くなりはじめた。予定にはなかった停車がたびたび起こった。エンゲルスに宛てた翌日付の手紙に彼はこう書いている。「カッシでは機関車が故障したとかで一時間半も停まっていた。ヴァランスでも同じような故障が起きたが、そのときの停車はそれほど長くなかった。ただ、ひどい寒さで、身を切るような風にも見舞われた。対抗手段をとろうにも『アルコール』ぐらいしかなく、何度もそれに頼ってしまった」[7]

マルクスは寒さに震え、オーバーをきつく体に巻きつけた。トランクは頭上の手荷物棚に危なっかしく載っかっている。大きな旅行バッグは自分のそばに置いてある。あらためて火酒の瓶を取り出そうとすると、太った車掌がコンパートメントに入って来た。「お客さま、機関車に異常が発生いたしました。遅延のほど、ご容赦願います」

マルクスはたどたどしいフランス語で言い返す。「二時間も停車だと！　ちゃんと直るんだろうな。原因は何なんだ？」

車掌は帽子をとんとんとたたいた。「今から訊いてまいります、お客さま」

マルクスは技術の進歩および近代的な輸送システムについては関心が高く、知識も豊富だ。それゆえ、どんな故障が起こったのか詳しく知りたかったのだ。彼は宵闇を見やりながらつぶやいた。「実に素晴らしい革命的な機械だ！　だが、これが、民間企業の手にあるとは……」

そこで激しく咳きこんだ。火酒の瓶を手に取り、小さな銀のグラスを取り出す。

「こういうものは丸ごと国営にすべきだ！」

列車の速度が上がり、全速力になった。車輪がガタンゴトンと鳴るたびにコンパートメントが揺れる。グラスは絶えず注ぎ足され、空になることはなかった。マルクスは胸ポケットから札入れを取り出し、妻のイェニィの写真を手に置いた。長いこと見つめているうちに、涙が出てきた。

マルクスは札入れをポケットに戻すと、旅行バッグに手を突っこんで分厚いバインダーを取り出した。そのバインダーを開こうとしたとき、列車が急ブレーキをかけた。停止したわけではないが、そのときのはずみでバインダーに挟まれていた紙がごっそり床に滑り落ちた。どの紙も複雑な図や式や数字の列で埋まっている。マルクスは、思索するようになってからというもの、資本主義の図式化に取り組んできた。イギリスの友人はそれを「認識図」と呼んだ。今ここに現れ出たのは数学的なメモだけではない。先史時代についてのことや自然史と社会史の関係、進化、さらには骨相学のメモまである。いや、なかには当時の金融界全体の株式相場、株式市場のデータを含んだ束もある。外はすっかり夜の闇に沈み、時おり遠くの閃光が空を明るくする。停まるに値しないまぼろしのような駅が一瞬にして遠ざかる。たまに巨大な影が浮かび上がると、なじみのある概念が頭のなかで形をなした——部族社会、奴隷制社会、封建制、資本主義、社会主義、生産力。また、株価暴落、株式会社、投機利得、商品取引所といった新しい概念も。マルクスは散らばった紙をあわただしく掻き集めた。

夜なかの二時、列車は二時間遅れでマルセイユのものさびしいプラットホームに到着した。旅行者にはなおもまだ煩雑な通関手続きが残っている。ようやくそれを終えると、マルクスはポーターの手を借りて辻馬車に乗りこみ、カヌビエール通りにあるオテル・デュ・プティ・ルーヴルに向かった。

一日置いた一八八二年二月十八日、土曜日。マルクスはマルセイユ港でアルジェ行きの船に乗った。午後五時、晴れてはいたが、風があり寒かった。この港は地中海でも活気のある港の一つで、埠頭には樽や木材や木製コンテナが山積みになっている。海に向かって大口を開けている倉庫には、ぱんぱんに膨らんだ袋や機械類や銅線が巻かれた重たげなドラムが積まれたパレットがたくさん見える。中央埠頭に通された線路上にはおびただしい数の貨車が並び、それに群がるようにさまざまの荷車が行き来している。港内には多くの貨物帆船、漁船が浮かび、中央埠頭には細長い煙突のついた蒸気船が列をなしている。そのうちの一隻が郵便船「サイード」号だ。貨客船だが、総トン数千百六十三トンで、とりたてて大きいわけではない。辻馬車の御者がマルクスの手荷物を郵便船まで運び、船の乗組員に渡してくれた。

六十人ほどの乗客のために蒸気船には二本のタラップが用意されている。一つは手荷物をかかえた質素な身なりの乗客のためのもので、その人たちは三十四時間に及ぶ航海を部分的に甲板上で防水シート[8]をかぶって過ごすことになる。そしてもう一つのタラップは特権を与えられた者たちのためのものだ。ふと見ると、二等客のなかに列車で逢った若い女性がいる。向こうも、このとき、視線の合った相手がマルクスだと気づいたようだ。マルクスの顔はどの新聞にも載っていたのだから。デッキに若い船長が立ち、一等客の一人ひとりに挨拶している。そこにはマルクスも含まれる。五つくらいの男の子がマセ船長の脚にまとわりついて離れない。

マルクスはその子のほうに屈んで、フランス語で訊いた。「ところで、きみは誰なのかな？」

「私の息子のロベールです」と、男の子の代わりにマセ船長が答え、同時に後ろに立っていた女性に前に出るよう合図した。

男の子がマルクスの髭をつまんだ。マルクスは顔をしかめた。

マセ「私の妻も紹介させてください。航海中お近づきになれれば嬉しく存じます」

マルクスは両脇に手荷物を置き、丁寧に身をかがめて挨拶してから、後にほかの一等の客が続いているのでそそくさとその場を離れた。出港が迫り、乗船の慌ただしさがピークに達する。人混みをかいくぐってようやく自分のキャビンにたどり着いたものの、その狭さに目をみはった。快適な船旅は望めそうにない。

マルクスは長年にわたってアメリカの新聞の通信員を務め、しばらくはそれで生計を立てていたことがある。しかし、アメリカはおろか、ヨーロッパの外にさえも出たことがなく、そのかぎりでは、この小さな蒸気船での航海はマルクスにとってようやく「海外旅行」に足を踏み出したという幻想を呼び起こすものだった。外で係留綱が解かれた。蒸気機関が力強く動きはじめた。岸壁と船上で人びとが手を振る。「サイード」号はたちまち港を後にした。マルクスは「サイード」号の機関室の手前に立ちつくしている。隔壁が開いていて、釜焚《かまた》きの姿が見える。煤まみれのプロレタリアートは工業化の初期段階の象徴的存在だ。だが、そんな工業化における蒸気駆動の段階も終わりを迎えつつある。新しい機械文明の世界を理想化し影の部分に目を向けまいとする傾向はマルクスにも存在していた。

マルクスは船室のベッドに横になり、舷側の小さな丸窓から外を眺めている。その顔は汗に濡れている。咳の発作に襲われ、火酒を一杯ひっかけた。マスクは手放せない。機関室からの騒音も耐えがたい。蒸気船は縦に横に揺れた。夢うつつのなか、マルクスはドーヴァーとカレー、ロンドンの亡命地と大陸とのあいだの幾たびもの渡航を思い出していた。青春時代のとどまるところを知らない知識欲、奔放な行動が今となってはなつかしい。ヨーロッパが革命の熱に浮かされていたボヘミアンの時代も――。

ややもすると自惚れの強い者を相手に選んでは私闘に及ぶ傾向は老齢になっても消えずに残っている。これはマルクスだけでなくエンゲルスにも当てはまる性質だ。そうした私闘でいったいどれだけの時間とエネルギーを浪費しただろう。伝説となっているのは、ルイ・ボナパルトの密偵でうわべだけのプチブル革命家カール・フォークトとの論争である。「偉大な創唱者が当時アナーキストと反動勢力、自由主義者と社会民主主義者、保守主義者と極左派を相手に行った論争は、どれもたった今行われたばかりのもののように聞こえる[9]」

なかでもミハイル・アレクサンドロヴィチ・バクーニンなどは次のような呼称を

頂戴していた——怪物。脂身でぶ。間抜けな玉なし牛。汎スラヴ主義のならず者。モスクワのカッコウが産み落とした卵。急進派のほら吹き。山師。施しものの寄せ集め。過激派のフレーズを並べ立てるだけの能なし。どんな卑劣なことでもやりかねない。

夢——〈マルクスはドーヴァー海峡の連絡船上でさまざまな場面を思い起こしている。それはエンゲルスと一緒だったり、娘たちと一緒だったり、政治活動での友人らと一緒だったりし、そこにいるのは政治的な亡命者としての自分、労働運動の高まりのなか尊敬を集める理論家としての自分、結婚や誕生で大きく広がった家族の一員としての自分、療養を必要とする病弱な男としての自分だ。連絡船の技術は大きく変わり、マルクスの外見も変わった。——とはいえ、そんななかでも生々しくよみがえってくるのはエンゲルスと一緒に『共産党宣言』を起草していた一八四八年前後の政治的に激動の年月であり、四八年革命期の集会や討論だ。最後にその

『共産党宣言』の初版が目の前をひらひらと舞い、次の文章が老マルクスの胸に重くのしかかってきた――これまでのすべての社会の歴史は、階級闘争の歴史である。……こうして古いブルジョア社会、その諸階級および階級対立にかわって、各人の自由な発展が万人の自由な発展の条件となるような、社会組織がうまれるのである。……万国のプロレタリア団結せよ！（塩田庄兵衛訳）〉

機関室の騒音でマルクスは夢から引き戻された。『共産党宣言』の冊子は実際に胸の上にある。彼はそれをめくり、次の一文を――我ながらおもしろいと思いつつ、今でもその考えは間違っていないとばかりに――声を出して読んだ。「この巨大な生産手段および交換手段を魔法で呼び出した近代ブルジョア社会は、自分が呪文を唱えて呼び出した地下の魔物を、自分で統制できなくなった魔法使いのようなものである」[10]（同前）

マルクスはあらためて旅行バッグに入っている「謎めいたメモ書きを綴じたバインダー」に手を伸ばし、そこから原料価格と株式相場のグラフで埋まった紙を取り出すと、グラフの一つひとつに集中しようとした。機関室の騒音に邪魔されまいと耳をふさぎ、当節はやりのアメリカ製の万年筆、パーカーをさっさっと動かしていく。だが、小刻みな揺れのせいで思うように書けない。腹立たしくなって資料と筆記具をバッグに戻し、船室の丸窓に目をやった。彼方に地球が丸いことを実感させるかすかに湾曲した水平線がある。地球は、ここではこんなにも満々と水を湛えているが、あらゆる生産における普遍的な労働対象であり、また普遍的な投機対象でもある。重要な原料の一つ――いや、おそらく最も重要だろう――である水は今、自分をアフリカへと運んでいる。しかし、その水にも資本は手を伸ばし、それを「私有化」しようとする。マルクスは、ほかの原料や油や石灰、人間や動物の排泄物などが混じりこんだ川や湖や海洋のことを頭に思い浮かべた。川や湖や海洋はそれに必死に耐えていかなくてはならない。それにしても、そのようなことを引き起こす大量の原料や材料は、もとはと言えば、自然界から抽出され伐採され掘り出され採掘されたものなのに、そこから私的所有というとてつもない複雑なシステムが生まれたのはどうしたわけだろう？　資本が産業を発展させる力が強ければ強いほど、この種の消費目的の生産は地球をますます吸いつくし、国や地理上の境界をめちゃめちゃにし、幾多の国々の民を屈服させる。背後にはどのような力が働いているのだろう？　それは何によって可能なのだろう？　労働者を搾取する企業家によって？　あるいは企業家を搾取する投機家によって？　その投機家たちは世界的な通信網を使ってこれまでよりもはるかに速く、かつ驚くべきやり方で自分の資本を殖やしている。

マルクスは気を取りなおして再びパーカーを握りしめ、どうにか新しい式を紙の上に書きつけることに成功した。殴り書きのように見えるそれは、後にこう解釈されることになる。「材料が膨張する段階では、貨幣資本（g）が商品（w）に形を変えた労働力と天然資源も含め、その量を増大させる。金融が膨張する段階では量的に拡大した貨幣資本（'g）が商品の形態から自由になる。かくして資本の蓄積は金融取引の形でなされるようになる」――つまり、そのときの式はｇ―ｇ'であって、もはやｇ―ｗ―ｇ'ではないのだ。[11]

マルクスは旅に出るとよく「ふつうの人たち」と交遊した。一家の父親としてのマルクスは、「政治や経済の話となると、激烈な、ときにはシニカルな表現や言いまわしさえ口にしたが、子供や女性たちがいる場では、イギリスの女性家庭教師がうらやむほどやさしい言葉づかいをした」[12]という。社交的で、人と接するのが好きなのだ。「サイード」号の若い船長ともそんなふうだったし――「なかなかの好青年」と手紙に書いている――、その妻とも、その幼い息子ロベールともそうだった。

航海二日目の日中、マルクスは人が大勢出ているデッキでロベールと一緒に（いくぶん大儀そうに）はしゃぎまわった。そのとき、列車で顔見知りになった女性にぶつかったりもして、丁重に詫びを言った。最後は少々息を切らしながら、マセのいる艦橋にまで登って行った。

「パリにロベールと同じ年頃の孫がいてね、ジョニィと言うんだ」

マセ「アルジェではどちらに滞在されるんですか?」

「そのジョニィの父親は私には娘婿になるんだが、そいつの友人がアルジェにいて、控訴審裁判所で判事をしている。フェルメとかいう名前だ。パリ・コミューンのメンバーだったんだが、国外追放されてね。アルジェでキャリアを積んでいる。その人にうちの婿が長い手紙を書いた。だから、パスポートは要らない」

マセがにっこりと笑った。「そうですね、姓名を記入したチケットだけですね」

マルクスは遠くを見やった。「これまでどれだけパスを手に入れ、どれだけ没収されたことか」

マセを呼ぶ乗組員の声がした。

古めかしくなった小型の汽船は地中海の海原を縦揺れしながら進んで行く。マルクスはそのまま独りで艦橋に立っていた。「予言者髭」と「かつら頭」が冷たい風にあおられ、顔の輪郭がくっきりと浮き出た。ふと口を突いて出た言葉には、あきらめなどではなく挑みかかるような口吻があった。「俺はここで何をやってるんだ?」

第2章

アルジェ[1]

二月二十日未明、三時過ぎに「サイード」号はアルジェの手前で投錨し、フランスの国旗、三色旗《トリコロール》を掲げた。連絡ボートが乗客と手荷物を共和国通り下の進入路《ランプ》へと運んで行く。マルクスが乗ったボートには同じ列車に乗り合わせた若い女性もいて、マルクスに向かって手を振ってきた。

フェルメ判事は四十がらみの感じのよい人で、アルジェの港に郵便船の乗客が到着すると、人混みのなかすぐにマルクスを見つけ出した。マルクスの風貌は社会主義の国際労働運動の指導者の一人としてあまねく広まっていたからだ。

「マルクスさんですね？　マリー＝レオポル・アルベール・フェルメです。ようこそ、アルジェへ」

二人は固く握手を交わした。

「疲れたでしょう。私たちのところは後まわしにして、まずはホテルへまいりましょう」

フェルメはポーターを呼び寄せてトランクを運ぶように言ってから、マルクスが手にしている旅行バッグを自分で持った。ホテルまでは徒歩で行く。フェルメが先に立ち、エル・ディアザイールの漁船用の埠頭の階段を上がって行く。ランプに沿ってオテル・ドリヤンがある大通りまで行くよりも、この家の高さほどの階段を登ったほうがはるかに近道なのだ。

オテル・ドリヤンは広場に面した一流ホテルで、料金も高額だった。この当時はイギリスの富裕層もよく泊まっていた。良くも悪くも、そういう上流階級の属性がマルクスにもそなわっているかどうかが厳しく見きわめられることになる。外見上はマルクスはこうした客とほとんど区別はつかない。が、ちょっとした何げない身振りからでも、自分は別の世界に属す、いや属したがっている人間だと言いたげなのが見て取れた。マルクスは最新の技術的成果を利用し、ロンドンのフリードリヒ・エンゲルス宛てに、無事に到着した旨の電報を打ってもらった。フロントで宿泊料金表の呈示を受け、つぶさに見ていく。

フェルメのほうに向きなおって言った。「いやはや、すごい金額だね。おまけに、どうにも落ち着かない。イギリスの豪勢なブルジョアジー向けだな」

フェルメ「ほんの数日のことですから。とりあえず、ここでこの街の様子をわかっていただければと思いまして。この上のほうに邸宅ふうのペンションがあります。環境もよく、眺めも素晴らしいところです。後ほどご案内いたします。そちらですと、費用も相当に安く済みます」

マルクスは指を鳴らした。「知ってるでしょう、エンゲルスが……」

丁重に部屋に案内される。ロビーやサロン、テラスのきらびやかさとは裏腹に、客室は簡素なもので、目を引いたのは活気にあふれる港の眺めくらいだ。マルクスは咳をし、息をはずませ、溜息をつきながら、旅支度を解いた。「犀のようなオーバーコート」はクローゼットの奥に押しこみ、薄手のパルトーをトランクから取り出した。


二月二十一日朝、フェルメがオテル・ドリヤンにマルクスを迎えに来た。二人でホテルの広々としたテラスカフェで朝食を摂る。やや離れたところに紳士の一団が座っていて、そのなかの一人、すらりとした長身の老紳士が目に留まった。どことなく見覚えがある。

フェルメがそれに気づいた。「いずれ、あの方とお近づきになる機会もあるでしょう。当地のドイツの領事で、フレーベル博士という人です」

マルクスはあらためてそちらを見やった。「あのユリウス・フレーベル博士か？」

「ええ。何でも四〇年代には急進的な反体制派に属していたとか。そんなふうには見えませんよね。ウィーンでは反乱を起こした人たちの支援をしたということで死刑判決さえ受けましたが、その後、恩赦を受けて……」

マルクス「フレーベルなら知っている！　一八四八年にウィーンの民主主義協会で行動を共にしたんだ。私よりかなり年上だ」

フェルメ「もう八十歳に近いはずです。大所帯の家族と一緒にここで暮らしています。娘さんたちは結婚していて、孫がいます。ビジネスにはほとんど関心がありません。よくここにいらしてます。向こうへ行ってみますか？」

マルクス、フェルメの質問には耳を貸さずに、「その後、裕福なアメリカ人女性と結婚したんだ、はるかに若い女性と。それからはアメリカ流の『贅沢』や『紳士気取り』にうつつをぬかし、ドイツ人の強制移住者を中央アメリカへ呼び寄せたり……」

「彼のところへ行ってみますか？」

「いいや。私は今後、このカフェは遠慮するよ」

フェルメ「でも、あなたがここにいることは彼の秘書がすぐにも嗅ぎつけますよ。『モニトゥール・ド・ラルジェリ』に掲載された乗客名簿を見ればわかることですから……おそらくあなたにも問い合わせが行くでしょう……」

マルクスは腹立たしげに立ち上がった。「私には休息が必要なんだ。悪いが、あなたも口数が多すぎる！」

柱を陰にしながら出口をめざす。「喫煙室」と表示があるところで立ち止まり、「それに、もうタバコも喫《の》んではいけないことになってるんだ！」

一八四八年の革命時にマルクスと共に闘った仲間の多くは、今は支配者側の機関で出世している。たとえば、共産主義者同盟の同志として親しくしていたロータル・ブーハーはビスマルクの広報担当になった。一八〇五年生まれでチューリヒ州の市民だったユリウス・フレーベルは、一八四四年に教授の職を辞し革命の仲間に加わったが、その後一八四九年から五七年までニューヨークで暮らし、ヨーロッパに戻ってからは一八六七年から七三年までミュンヘンで穏健なリベラル紙『ズュートドイチェ・プレッセ』を主宰、一八七三年にスミルナ（現イズミル）のドイツ領事となり、一八七六年にアルジェへ異動になった。ここで十二年間勤め、一八八八年に退官……。

ユリウス・フレーベル博士はいつものように郵便船で到着した有名人の乗客リストに目を通していた。そして、突然飛び上がった。「マルクスだ！」

ただちに指示が飛ぶ。「監視せよ！」

だが、こうも考えた。「私は距離を置くことにしよう」

それに反し、フレーベルの上司に当たるオト・フォン・ビスマルクは、ヨーロッパの労働運動の大立て者である老人にはしっかりと狙いを定め、帝国議会に相当数の議員を擁しているドイツ社会主義労働者党に対しても、社会主義者鎮圧法をもって監視に当たっていた。もっとも、ビスマルクとしては――かつてのフェルディナント・ラサールのときのように――教養があり才気あふれる敵対者と一度話をしてみたかっただけかもしれない。しかし、マルクスにとっては新しいドイツ帝国さえも「形ばかりの議会制度で飾り立て、封建的所有はそのままに、ブルジョアジーの影響をもろに受けながら、官僚機構に支えられ、警察に守られた軍事独裁国家」[2]でしかなかった。

「イスリ通りを通ってアルジェを出ると、目の前に長々と続く道が現れる。小高い丘のふもとで、道の片側には庭園をめぐらしたムーア式の邸宅が建ち、もう片側には道沿いにびっしりと家が建ち並んで、それが階段状に斜面を下っている」。この「ムスタファ・シュペリエール」という地区では「ひっきりなしに新しい家が建てられ、古い家が取り壊されている」[3]。

マルクスとフェルメは辻馬車に乗っている。さながらアルジェめぐりの観光ツアーだ。しばらく沈黙が続いた。

フェルメが手を動かした。「ここからムスタファ・シュペリエール地区が始まります。私はここに住んでいます。もっと上に行けば立派なペンションがあります」

辻馬車はムスタファ・シュペリエール内にある近代的な住宅の前で停まった。二階の窓からフェルメの妻と子供たちが来客に向かって手を振っている。マルクスとフェルメは玄関に消えた。

家のなかに入る前、マルクスは通りの反対側にあざけりと悪意のこもった視線を向けた。明らかに「監視役」と見える男がフェルメの住居の向かい側に立っていたのだ。カビル族の衣装を着た痩せた男だが、その顔つきと態度にはいかにもプロイセンの能吏であることを窺わせるものがある。これからはマルクスに関し、アルジェとベルリンのあいだで、どんな些細なことでも逐一時をおかずに電信で交わされることになるのだろう。

こうした止むことのない嫌がらせに対しマルクスが取れる対抗手段は昔も今も一つしかない。自分の仕事に集中することである。もっとも、ベルリンの支配者側でも彼に対するイメージは徐々に変化していた。妻のイェニィの異母兄であるフェルディナント・フォン・ヴェストファーレンは一八五〇年代の後半にはプロイセンの内務大臣になっていたし、マルクスの著作に通じていた官吏が少なくなかったのは検閲に携わったからという理由だけではなかった。また、イギリス女王の娘でドイツの皇太子妃となったヴィクトリアは「リベラルな」傾向の持ち主として知られていたが、マルクスの名声を耳にして一八七九年に彼に好意的な人物を通信員としてロンドンに派遣している。下院議員のグラント・ダフである。

この人は、マルクスについては学識ある紳士であるとして、もっぱらポジティブなことを報告しようとしている。すなわち、マルクスは当時、「警察の言うような、ゆりかごのなかの赤ん坊を取って食うのを常としていた」革命家とはまったく会っていない。むしろ、彼は教養のある学識の高い男で、比較文法に関心があり、古スラヴ語を学び、ほかにもいろいろと変わった研究をしている。話しぶりは素っ気なく、あてこすりを好み、ややシニカルだが、それでいて、過去や現在についてしばしば「非常にまともな考え」を示す。ただ、マルクスが未来について話すことだけは私はなじめない、とグラント・ダフは言う。そこで持ち出されたのは、帝政ロシアで遠からず起こる政体の転覆、上からの改革の試みの失敗、プロイセンの軍制に対する反乱である。自発的な軍備制限はありえず、技術の進歩は絶えず完璧な破壊手段を要求し、出費はとどまるところなく上昇する。それは出口のない悪循環である。グラント・ダフはマルクスと再会したがってはいたが、こうも確信していた。「当人が望んでいようがいまいが、世界をひっくり返すのは彼ではないだろう」[4]

数日後。マルクスは、ムスタファ・シュペリェールにあるモーリタニア人の別荘の一つ、「ヴィクトリア」というペンションに引っ越した。そこで二カ月を過ごすことになる。初日にさっそく目にしたのは「下の庭でほんとうに真っ黒な黒人が踊っている」姿だった。「長い鉄製のカスタネットをたたきながら、びっくりするくらい身をくねらせ、顔ははちきれんばかりの笑顔だ。そして、それを後ろからじっと見つめている人がいる。見るからに偉そうにしているが、顔には愛想笑いが浮かんでいた。これがムーア人だ（英語ではMoor《ムーア》、ドイツ語ならMohr《モーア》）。アラブ人はアルジェリアではそう呼ばれるのだ」[5]

　これについては、マルクスが家族や友人のあいだでは「モーア」と呼ばれていたことを知らなくてはならない。

　朝のまだ早い時間にマルクスは三階の自分の部屋の前にある小さな歩廊に歩み出た。そこには庭に置くような小ぶりの丸テーブルと椅子がある。マルクスはエングルス宛の手紙を書き終えようとそこに腰をおろした。前方に湾を見晴らしながら、便箋に身をかがめる。手紙文に写し取られた雄大なパノラマが目の前にありありと浮かんでくる。「ここはすばらしい場所だ。部屋からは地中海の入り江、アルジェの港が望め、邸宅が円形劇場のように丘のふもとから頂きに向かって建ち並んでいる……はるか彼方には山々が連なり、なかでもマティフ岬の背後には雪をいただいた峰が見え、ジュルジュラの高峰がカバイルの山々を睥睨《へいげい》するようにそびえている[6]」

だが、いくら眺望が素晴らしくても、マルクスの表情から「深い憂鬱」の色は消えない。それでも、わが身を奮い立たせるように気を取りなおす。「朝の八時に見るこのパノラマは、空気と言い、植生と言い、ヨーロッパとアフリカとが絶妙に混じり合い、これほど魅惑的なものはない。毎朝、その時刻から十時までか、九時から十一時にかけてが僕の散歩の時間だ[7]」

この手紙は結びに向かうにつれ筆の運びが鈍くなっている。「あんまり本音をさらしたくはないんだが、嘘を言っても始まらない。このところ考えることと言えば、その大半が妻のことを思い出すのに占められている。あのころは僕の人生でいちばんよかったんだ！」[8]

便箋を折りたたみ、封筒にエンゲルスのロンドンの住所を丁寧に書いているときだった。ふと思うことがあって、マルクスはその手紙に封をする前にもう一枚メモ書きを押しこんだ。そこにはこうある。『注記。証券取引所での投機を強力に推し進めると、金融資本がばかばかしいほど勝手に殖えていく方法を見つけた。ほぼ間違いなく』

ペンションの客の面々――『ヴィクトリア』の住人はさほど多くはなく、マルクスのほかには二人の女性オーナーと家事手伝いのロザリさんという女性、カステラス夫人とその息子のモリス・カステラス（この人は医師・薬剤師で、かつ自身が療養患者でもある〔『世話役』として自発的にマルクスの面倒を見ている〕）、スイスのヌシャテル出身のクロード夫人、アルマン・マニャデール（一八八二年三月死去）、そして名前のわからない若い女性（個人教師の勤め口を得ようと新聞に広告を出している）……」[9]

この「名前のわからない若い女性」というのはマルクスが汽車と汽船で乗り合わせてすでに「知っていた」人で、ペンションで再会してお互いびっくりしたものだが、そのとき女性は「やはりあの有名なマルクスさんだったのですね」と言った。以来、二人は頻繁に言葉を交わすようになる。女性は魅力的で、賢くて、何カ国語も話せる。マルクスはいつしかその女性に引きつけられている自分に気づき、その人と会うたびに末娘やこれまでの人生で出逢った若い女性たちのことを思わずにいられなかった。これまで俺はどれだけチャンスを逃してきただろう。こうして、老いた男に対する誘惑というきわめて自然な形のものがにわかに前面に出て来ることになる。残り少ない数カ月においてこの若い女性が重要な役割を演じることとなったのだ。女性はヴェーラ・シュティルナーと言い、デッサウの出身だった。失恋の傷を癒やすため、しばらく親類が暮らすアルジェで過ごそうと思ってやって来たという。読書家で、当時の政治的な潮流についての情報も豊富に持っていた。要するに、このヴェーラ・シュティルナーという女性は、ドイツ帝国にあって古くからの因習にとらわれない自由な若い女性の、そして、なおかつ胎動する女性運動の体現者だったのである。

マルクスはほかに何通かの手紙も手にしてペンションの朝食ルームに入って行き、女性オーナーの一人、アリス夫人にその手紙を出してくれるよう頼んだ。テーブルは二つある。一つにはカステラス夫人とその息子モリスが座り、隣のもう一つのテーブルにはクロード夫人とアルマン・マニャデール、ヴェーラ・シュティルナーが席に着いている。マルクスは皆に挨拶し、カステラス親子のところに腰をおろした。給仕をするのはロザリさんだ（その人の仕事ぶりはマルクスの目にはヘレーネ・デームートにも劣らぬものに見えた）。

マルクスは片メガネ《モノクル》をはめた目をモリスの皿のわきに置いてあったフランス語の新聞にちらりと向けてから、言った。「おはようございます、カステラスさん、すがすがしい朝ですね。モリスさんは、体のぐあいはいかがですか？　よくなりましたか？」

カステラス夫人「この子は昨夜はひどく喉をぜいぜい言わせていました。今から夏向きの服装なんかするからです」

モリスが苦笑しながら母親を見やった。「私は大丈夫です。でも、マルクスさん、あなたは？」

「昨日あなたに胸の水疱を開いて膿みを出してもらってから、とても楽になりました。たいへん助かりました。ありがとう」

「そう言っていただけると私も嬉しいです。でも、たしか、ここで専門家のステファン医師に診てもらうことになってるんですよね？　何と言っても、あの方が一番です」

マルクス「今日の午後、第一回目の診察を受けることになっています！」

隣のテーブルでヴェーラが「プティ・コロン・アルジェリヤン」紙の広告面を広げて見入っている。年ごろ三十前後の青白い顔をしたアルマンが面白半分にその新聞をひったくり、声を出して読みはじめた。「家庭教師いたします。推薦状あり。当方、独身、女性。問い合わせはホテル・ヴィクトリアまで。――五カ国語もできるんですから、何もむずかしくないでしょう。ね、ヴェーラさん」

「アルマン、それ、返して」

と、そのときマルクスがやおら立ち上がった。右胸に手をやってポケットに忍ばせた本を確かめてから、隣のテーブルへ向かった。白い襟のついた黒服を身にまとったヴェーラ・シュティルナーはアルマンから身をそむけ、いくぶん顔を上気させ、背筋を伸ばして座りなおした。

マルクス「ヴェーラさん、これが昨日の夜、話した本だ。『女性と社会主義』」

ヴェーラはかすかに顔を赤らめ、明らかに世辞と聞こえる言葉を口にした。「まあ、マルクスさん、私、全然そんなつもりじゃなかったのに」

マルクスはウィンクをしてみせた。「アウグスト・ベーベルは私の親友だ。この本は、その男があなたのような社会に目を向ける若い女性のために書いたものなんです」

ヴェーラ「一文一文、味読いたしたく思います」

ヴェーラとの付き合いはたわいないものだが、それでもマルクスにしてみればこうした関係を結ぶことに感動を覚え、それが妻の死にきまりをつけたり、これからは娘たちを頼りにするのは控えようと思ったりすることにつながったというところはある。それというのも、ヴェーラの言動や態度がこの年ごろの娘とはまったく違っていたからだ。たびたびヴェーラは物事に対する姿勢や態度の面で優位に立ち、そのたびにマルクスは自分の威信を言い立てた――だが、どうしても歯切れは悪くなる。ヴェーラがヴェストファーレンのイェニィ（妻のこと＝訳註）でもあり、若きヘレーネ・デームートであり、そもそもが「社会主義の女性」だったからだ。

シャルル・ウジェーヌ・ステファン医師は四十二歳、「アルジェ一番の医師」で、マルクスがアルジェに滞在中はずっと、みずから志願したモリス・カステラスの協力を受けながらマルクスの治療に当たった。ステファンは生粋のドイツ人で、フレーベル家の家庭医でもある。これがマルクスとの関係をややこしくする。不利なことまで伝えられるのではないか？　ステファンは情報提供者になるのではないか？

マルクスがこの旅で見せた自分の体の衰えに対する対処法は感嘆に値するものだった。このヘビースモーカーは何年も前から頑固な皮膚病である化膿性汗腺炎[10]に悩まされていて、それが知的生産活動のリズムにまで影響していた。そして今、同じく喫煙の結果として、慢性の気管支炎と胸膜炎を併発するに至っている。またアルコールの摂取はイェニィの場合と同様、マルクスにおいても重篤な肝臓病へとつながった。そんなこともあって、マルクスにとって人間の解放が意味するものが自然科学の領域、医学の領域にまで及んでいたのはきわめて自然なことだった。それは、持って生まれた肉体の弱さからの解放である。当時の医学の水準では、できることと言えば、こうした保養旅行やたいして頼りにならない保養所の医師に診てもらう程度のことでしかなかった。加えて、マルクスとしては知的渇望を癒やそうにも、旅先のことゆえ蔵書やメモやカードもなく、知的生産手段がまったく手許になかったので、やむなく最も本質的な問いに向かわざるをえなくなっていたのである。彼の旅行先からの手紙には医学的な事柄が詳細に綴られ、人間存在の有限性についての問いも絶えず現れている。

ペンションの自室。マルクスが上半身裸で座っている。ステファン医師による初めての本格的な診察だ。水泡のあとに出来た傷にステファンが刷毛で「芫菁《げんせい》コロジオン」を塗っていく。「毎食後、これを大さじ一杯服用してください。砒素剤です。それと、こちらのコデイン配合剤は必要に応じて、特に夜なかに咳の発作が起きたときに使ってください。あとは運動ですね。でも、やりすぎは禁物です！　精神的なストレスもだめです！」

マルクス「本を読むのもかね?」
「娯楽になるようなものぐらいですね」
マルクスはシャツとフロックコートを着、ステファンは医療器具を仕舞った。
マルクス、笑みを浮かべながら、「先生は科学のためになるような事例を私のなかに見ていらっしゃる、そうじゃありませんか?」
ステファン「決してそんなことはありません。たしかに、最終的に世界を解放できるのは科学しかないという思いはあります。生活の仕方や栄養の摂り方はすべて科学的に行われるべきでしょう。でも、あなたについて私が耳にしているかぎりでは、解放の道はほかにもあることになります」
マルクス「どういったことをお聞きになったんです?」
ステファン「信じたくないかもしれませんが、何週間か前に地元の日刊紙『プティ・コロン・アルジェリヤン』にあなたに関する記事が載ったのです。それはまさに先を見通す眼力に裏づけられた記事でした」
マルクス「私が今こうして、体に不調をかかえてあなたの前に座っているからですか?」

ステファン「天候がよくなれば、それはすぐに変わるでしょう。で、さっきの解放の道に関してですが、あなたの考えによれば、人間は自然に順応するだけでなく、逆に自然さえも人間に順応させる、それも労働によってそうするというふうに私は記憶しています。人間が労働によって自然を変えるというわけです。しかし、労働は今日なお至るところで隷属状態にあります。『プティ・コロン』の記事は――今も正確に覚えていますが――こういう一文で終わっていました。『目覚めよ、地上で永劫の罰を受けた者たちよ！』これは労働者に向かって言ってるんでしょう」

往診を終え、マルクスは窓辺に歩み寄った。「しかし、どんな労働でも死に打ち勝つことはないでしょう。束縛のない自由な労働であっても。この有限性は受け入れざるをえない」

ステファン「でも、マルクスさん、私たちを構成する原子は永久不滅なのではありませんか？」

マルクス「それは慰めですか？」

かつて彼はこう書いた。「労働力の消費は、ほかの商品の消費と同様、市場ないし流通領域の外で行われる。そこで、私たちはこの大勢の人がたむろし騒々しくて人目も多い領域を離れ、お金を持っている人と労働力を持っている人の後について、入り口に『無用の者入るべからず』と書いてある秘密の生産の場に行くことにしよう」[11]

〈夢のなかでマルクスは、精神的苦痛と耐乏生活のなか『資本論』第一巻を仕上げ、解放感に浸りながら、出版者のマイスナーに手ずから原稿を渡すためハンブルク行きの列車に乗っていたときのことを思い出している。あのとき、同じコンパートメントには美しい若い女性が乗っていて、マルクスには新しく開けた世界からの使者のように見えたものだった。そして今、その女性がヴェーラの顔立ちをして目の前に立っている――マルクスは、自分が当時何をなしたか、自分が当時どんな学問的発見を人類に贈ったかをわかってもらおうと、懸命に説明しはじめた〉

ヴェーラがマルクスを連れてカスバをぶらついている。活気に満ちたバザールの光景を目にし、マルクスは自分がいかに無為に日を送っているかを痛感し、これは自分自身に対する裏切りでもあると断じると、すぐにヴェーラにその思いを打ち明けた。そして、アルジェリアに頻繁にやって来るイギリスの「ハイソサエティ」向けの書籍・文具店に飛びこむや、クロース装のノートを数冊買いこんだ。イギリスからの貴族の旅行者でにぎわう店内で、書棚を背にヴェーラがマルクスに話しかける。

「ステファン医師から禁じられたんじゃなかったんですか？　それでも書こうというんですか？」

「書かないことには始まらないんだ。あなたには私のロンドンの書斎を一度見てもらったほうがいいかもしれん――いや、かえって見ないほうがいいか。そこらじゅう紙だらけさ、書きかけのものばかりだがね。抄録とかメモとか下書きとか、気づいたことを走り書きしたものとかもね。『資本論』の第二、第三巻のための材料もある」

ヴェーラ「今は休養すべきです。お仕事はもう充分おやりになったんでしょう。ベーベルがあなたについて書いていることは全部あなたの著作からの抜き書きです」

マルクス「そんなことはない。ベーベルはもっと先のことまで考えている」

ヴェーラ、コケティッシュに、「それはおっしゃるとおりです。女性のことを考えていますから。デッサウにいる姉なんかも、そこがマルクスの盲点だと手紙に書いてきたことがあります」

マルクス、当惑しつつもすぐに受け流し、「ベーベルは労働者階級内では異彩を放つ存在だ。それに、まだ四十二歳と若い。それにくらべたら私は、まだやることがたくさんあるというのに……」

ヴェーラ、相手にじっと視線を集中して、「あなたは老いてなんかいません。それに、老いたからって、それが何だと言うんです。そもそも、神の意志であれ悪魔の意志であれ、人というのは人生において何かを成し遂げても決してそれで満足はしないものでしょう」

面と向かってそんなふうに言われると、あまり愉快ではない。二人はカスバの雑踏のなかを進んで行った。マルクスはポケットから宛名を記した封書を取り出した。

「フリードリヒ・エンゲルス宛ての手紙だ。これを送りたいんだが」

ヴェーラ「友人宛てに三日で三通だなんて！」

少し先へ行ったところで、ヴェーラがマルクスの腕を引いた。「ほら、あそこ、あの絵描きさん」

一八八一年から八二年にかけてオーギュスト・ルノワールは、アルジェリア、イタリア、そしてまたアルジェリアと、三度長い旅に出ている。当時ルノワールは、自分の進むべき道を根本から見なおそうとしていた。印象主義から離れたのである。アルジェリアで描いた絵はその新しい画法への萌芽とも言えるものだった。そのルノワールが痩せた体に髭づらのまま、アルジェのカスバのはずれでパラソルを立て、小さなイーゼルを構えている。素早いタッチで描いているのは上階に通じる階段だ。マルクスとヴェーラが立ち止まった。マルクスとオーギュスト・ルノワールの目が合う。どちらも、そこで会ったのが誰かを知ることはないだろう。

マルクス「ムッシュー、みごとなものですな」

ルノワール、ヴェーラをじっと見つめ、「ありがとう、ムッシュー」


フェルメがマルクスを夕食に招待した。女中がスープをテーブルに置いていく。物価の高いアルジェではフェルメの判事としての給料ではつましい暮らしぶりにならざるをえないが、それでもこの日の食卓には贅をつくした料理が並んだ。ふっくらとした体つきの妻と三人の子供（六歳から十歳の娘二人と息子一人）は遠慮がちにおとなしくしている。マルクスとフェルメは議論に夢中だ。（マルクス主義にもとづいたフランス労働党の綱領は一八八〇年五月にジュール・ゲードとポール・ラファルグによってマルクスとエンゲルスとの協議を経て書き上げられた。）

フェルメ「ラファルグがパリでとった行動のせいで、あなたとエンゲルスが構想していた党の綱領は事実上否認されました。結果として党は日和見主義に陥っています」
マルクス「日和見主義、アナーキズム。何でラファルグのようなのが婿になったのかな。あんな要求をまともに受け止める者なんているんだろうか？」
そう言って指で数えていく。「出版の自由！　最低賃金！　男女平等賃金！　すべての子供を対象とした自由な知識および技能の教育！　相互扶助のための労働金庫の自主管理！　公的所有物（銀行、鉄道、鉱山）の譲渡に関する契約の検証！　三千フラン以上の収入と二万フラン以上の相続財産に対する直接累進税！」
フェルメ「それに、人民総武装！」
マルクス「やっかいな点だ。ブルジョアジーはそれを『テロリズム』と言うだろう。だが、それは国家権力は国民に由来するという文言の応用にすぎない」
メインコースが食卓に供され、みんなが勢いよく飛びつく。
マルクスが帰った後、フェルメと妻はこの客人の噂話をした。というのも、ラファルグとロンゲはどちらもフェルメの友人だが、二人が自分の義父について、とりわけお金の問題に関しては率直に語ってくれたことがほとんどなかったからだ。『経済学批判』の執筆をしながら、マルクスはこんな冗談を言っている。「私は自分がお金に困っているときに『貨幣』について論じたことは一度もないと思っている」

マルクスはお金を持つということをせず、いつも借金をしていた。家族がそれで肩身の狭い思いをしようとも、彼が定職を得ようとしたのはわずかに二回しかない。借金の例としては、たとえばこんなことがあった。人生で最も困難な時期にエンゲルスやほかのパトロンから百五十ポンド援助してもらったのである。当時は、これだけの金額があれば中産階級の下クラスの暮らしができたはずだが、マルクスの求めるものは違っていた。秘書を雇い、娘たちにピアノを習わせ、妻を海辺への旅に送り出したのだ。自分のポケットがからっぽであろうとも、マルクスは「サブプロレタリア」のような生活を受け入れることを拒んだのである。ほかの亡命者が贅沢だと見なしたものは彼にとって「絶対に必要な」ものであり、その一方で、たとえば八百屋で購入するような日常生活の必需品は「特別」扱いされた。それに、彼は妻のイェニィが貴族階級の出であることを誇りにしていた――銀器の置き場所が自宅の食器棚から質屋へたびたび移っていたにもかかわらず。[12]

アルジェの植物園、ジャルダン・デセは「『公共の遊歩道』として軍楽隊の行進に使われたりすることもあるが、ふつうは植物の在来種の栽培普及のための『種苗園』として、また植物学上の実験や植物の『順化』の場として利用されている」[13]。並行して走る三本の立派な並木道のうち、「椰子の並木道は七十二本の大きな椰子の木が立つオアシスが終点で、その先には鉄道と海とがあるばかりだ」。カステラス母子、ヴェーラ、マルクスが路面鉄道でジャルダン・デセに到着した。これから並木道を歩いて下って行く。

マルクス、モリスに、「アルジェには共有制の原初形態がインドに次いでたくさんあったというのは知っていたかね?」

モリス「フランス政府はほぼすべての共有地を法律によってフランス人入植者の私有に変えました。ほかの荒蕪地も地下資源のあるところは政府のものになっています」

マルクスは足取りを速めた。「植民地ではどこでもそうだが、これは略奪以外の何ものでもない」

カステラス夫人、ヴェーラ、モリスの三人のあいだでは、足早に進んで行くマルクスの注意を引こうと無言の小ぜりあいが始まっていた。公園にはムーア人がたくさん訪れている。そのなかには裕福そうな身なりをした口うるさい人もいれば、ぼろをまとった人もいる。カステラス夫人がマルクスの腕を取った。

マルクス（まわりを指さしながら）「こんなふうに外見上の違いがあっても、ムーア人どうしはあくまで平等に付き合っている。どうしたって身なりの違いが世間での交わりに影響を与えているようには見えない。カステラスさん、あなたもそう思いませんか?」

ヴェーラとモリスはこの発言を即座に理解した。

モリス「教授、それがあなたの未来の夢ですか?　幸か不幸かは単なる偶然にすぎず、それが人間どうしの違いを決定すべきではないというのが」

ヴェーラも同じようにマルクスの腕を取った。「夢じゃないわ。それは学問的に根拠のある予測ですよね！」

一行は並木道の端までやって来た。線路の向こうに海が見える。

モリス「では、そういう未来国家では下賤な仕事は誰が引き受けることになるのでしょう？」

カステラス夫人、一歩後ろに下がり、マルクスに向かって、「そんな水平化した時代のマルクスさんなんて私には想像がつきません。だって好みも習慣も貴族そのものじゃありませんか」

マルクス「私もそう思います。いずれそういう時代はやって来るでしょうが、そのときには私たちはもうこの世にいないでしょうね[14]」


マルクスは頑固な病気の再発に苦しんでいた。当時の治療法は発泡薬を塗布して水疱を引き起こすというものだった。ステファン医師が往診に来ている。マルクスはペンションの部屋のベッドに横になっていて、上半身に巻かれた包帯は水分を吸ってぐしょ濡れになっている。水疱が破れてしまったため、「洪水なんてものじゃない。リンネルもフランネルも肌着も水浸しだ[15]」

あらためて「芫菁《げんせい》コロジオンで入れ墨」をしていく。

マルクス「こうやって塗られると、また夜が眠れなくなる。体じゅうがスイカ畑だ[16]」

ステファン「そうでしょうね、でも、致し方ありません」

ステファン、マルクスの体に塗布を続けながら、「ひとつ、アラブの寓話をお話ししてあげましょう。流れの急な川で小舟を使って渡しをやっている人がいた。そこに哲人がやって来て、対岸まで渡してくれと言う。小舟のなかで二人はこんな会話を交わした。

哲人――船頭さん、あんた、歴史の知識はあるかね？

渡し守――いや、全然！

哲人――それでは、人生の半分を失ったようなものだな！

哲人、さらに続けて――では、数学を勉強したことは？

渡し守――ありませんなあ！

哲人――それでは人生の半分以上を失ったようなものだ。
と、哲人がその言葉を言い終えるか終えないうちに、突風にあおられて小舟が転覆し、二人とも川に投げ出されてしまった。哲人と渡し守が大声で言い合う。
渡し守――あんた、泳ぎは？
哲人――全然できん！
渡し守――それじゃあ、人生の全部を失っちまいますな」[17]
マルクス、皮肉たっぷりに、「素晴らしい水の物語だ！」
ステファン「そうでしょう。でも、喜んでいいですよ、哲人先生。胸膜炎は消えました。ただ、気管支の状態はちょっと気がかりです」
マルクス「気管支炎はこの天候が大いに関係しているように思うんだが」
ステファン「おっしゃるとおりです。この天候が劇的に好転してくれれば別ですが、あなたはカンヌかニースかモンテカルロあたりへ避難されたほうがいいでしょうね。医師としてあなたの治療を続けられなくなるのが私としては残念ですが、病状を詳しく記したものと処方箋とを持たせてあげます」
マルクス「『詳細な病状報告と処方箋どおりに調合された薬剤』――つまりは、

泳げるだけでなく『歴史と数学』もということですな！」

ステファンは身に着けていたエプロンを脱ぎ、別れを告げた。「いやはや、やはりあなたは根っからのドイツ人ですね」

マルクス「あなたもドイツ人の息子さんなんじゃないんですか？」

ステファンは笑った。が、階段を降りきったころには、プロイセンの官吏のような真顔に戻っていた。


マルクスが若いときに関わっていた初期の社会主義者のなかではシャルル・フーリエ（一七七二〜一八三七）ほど多くの足跡を彼に残した者はいなかった。とはいえ、フーリエの言う「性愛と性生活という新しい世界の幻影」（リヒャルト・フリーデンタール）――これは後に特にシュルレアリストに刺激を与えることになる――だけはマルクスはずっと薄気味悪い思いを拭いきれずにいた。

アルジェにもフーリエ主義者はいた。たとえばフェルメの友人ゲタン・レオン・

デュランド（植物学の教授、七十一歳、スポーツ好き、「フランス登山クラブ」のアルジェリア支部長）である。その二人がマルクスとヴェーラと一緒に、「もちろんムーア風『カフェ』の屋外で」丸椅子に座っている。
マルクス、フェルメに向かって、「あなたの友人のラファルグは——残念ながら私の婿でもあるが——、パリでまたやくたいもない騒ぎを起こしてくれた。『レガリテ』に、フーリエは共産主義者だったと書いたんだ——シャルル・フーリエのことだ！」
デュランド「マルクスさん、フェルメ君は私のことをフーリエ主義者と紹介してくれました。ですから、それについては私からお答えするのが筋でしょう。私には、あなたのお婿さんが正しかったように思えます。フーリエは、それももう七十年前のことになりますが、国家のいかなる権威も拒否したんじゃなかったですか？　彼は社会の調和を労働生活の解放によってだけでなく、感情や人間関係や思考の世界の解放によっても望んだでしょう？　それと……」——そこであからさまにヴェーラに目を向け——「……性的欲求の解放によっても」
フェルメ「まあ、そうですね」

マルクス「そんなのはどうでもいいことだ。こういう大それたことを世間に放って人目にさらし、定着させるってのが問題なんだ」

ヴェーラはマルクスを見つめている。

デュランド、にこやかに、「とはいえ、私にとって共産主義というのは、個々人が持つそれぞれの才能をすべて集中してそれを生かしきることを意味します。その場合の才能には精神的能力だけでなく、とりわけ感情的な結びつきや人を引きつける力も含まれます。ですから、私はこの年齢で山登りをした後は、自分はまさしく共産主義者であると感じます！」

ヴェーラ、遠慮がちに、「ベーベルも——私は今その人の本を読んでいるところですが——フェミニズムを弁護しています」

デュランド「お嬢さん、フェミニズムという言葉はフーリエから出たものなんです。ぜひ彼の『新しい愛の世界から』を読んでみてください。私たちが女性をキッチンに閉じこめ、鍋に縛りつけていては、共産主義は生まれません」

フェルメが溜息をついた。

マルクス「共産主義だと！　私は常々、フーリエの言うことはあまりにも多岐にわたると見ていた。エンゲルスと私が『共産党宣言』を起草したのは、そういうのも理由の一つにあったんだ」

その言葉にみんなはいっとき押し黙り、コーヒーを飲みながら考えに沈んだ。

フーリエの「新しい愛の世界から」をめぐるこの会話が持つ意味は、三人の娘の父親というマルクスの役割にも関係がある。「率直に言って、文明世界にあっても父親というのは娘が結婚適齢期にさしかかると、とたんに無法者になる。求婚者をおびき寄せようと段取りをつけ、なりふりかまわず御機嫌取りをするのは、ひとえに父親の愛情のせいであると私は理解している。娘が何人もいる人のうち、結婚生活というものがなく、娘に男をあてがってやらなくてはならないという心配から放免された、新しい家庭の秩序なるものを発明してほしいと願う者などどれだけいるのだろう」[18]

デュランドが話題を変えた。「フーリエが破産について書いているんですが、その話をお聞かせしましょう。ドラントという、私の祖先とも思えるような名前の銀行家の『焼け太り』破産についてです。『銀行家のドラントは手もとに二百万持っていて、できればそれを何らかの方法で速やかに四百万か五百万にまで持っていきたいと思っています。彼は資本のことはよく知っていますから手形や商品などのかたちで八百万の信用貸しを受けています。つまり一千万を資金として自由に使えるわけです。その彼がリスクの高い投機に飛びつきました。いかがわしい商品や国債などです。そして、年末には自分の二百万を、倍にするどころか、残らず失ってしまったとしましょう。こうなると、みなさん、きっと彼が破産したと思われるんじゃないでしょうか——さにあらず、です。彼はあたかも上手な取引をしたかのように、四百万はちゃんと持っているんです。というのも、彼には信用貸しで受け入れた八百万が残っています。そして、『正真正銘の』破産を手段にしてその八百万の半分を数年かけて返済するように持っていくのです。こうして、彼は自分の二百万を失っても、周囲からかすめ取った四百万はそのまま所有していることになります。実に素晴らしい、商取引の自由です！　さて、あなたがたは、商人というのは破産するとかえって元気がよくなるという話を聞いたことがおありかと思いますが、その理由はおわかりでしょうか？——破産者にはさらなるチャンスが生まれるからです。すなわち、ドラントの場合は四百万せしめた後、運のよい無法者としてでなく運の悪かった商人として、名誉と大衆の敬意までも受け取ったのです[19]』

マルクスとヴェーラは後にアルジェ―ボーヌ（現アンナバ）線となる鉄道に乗って東に向かい、ティージー・ウズー付近のパレストロ鉄橋にやって来た。そこでは大規模な建設工事が行われている。ぼろをまとった大勢の労働者、重機、現場監督。数人の紳士が馬に乗って視察に来ている。マルクスとヴェーラは建設現場に近づこうとしたが、現場監督に離れているよう制せられた。ヴェーラはこの前よりは少し気安く腕を組んできた。

マルクスが馬に乗っている人を指さした。「あそこにいるのは視察に来た連中だ。エンゲルスが最近アルジェリアの植民地政策について書いているが、非常に啓発されるところの多い内容になっている。フランス政府がここに重要な鉄道路線を敷設する民間企業を認可したのはもう二十年も前で、ブラニツキ伯爵と銀行家のゴティエに独占権が与えられている。さらには補助金六百万フランと多くの優遇措置もね。国家と資本なんてそんなものだ！」

ヴェーラ「先日読んだ『プティ・コロン・アルジェリヤン』には、アルジェリア東部への鉄道建設は非人間的な過酷な作業環境で行われているとありました」

マルクス「ああ、この橋では二つのことが同時に起こっている。複雑に絡みあう資本運用の世界と人間の労働力の残虐きわまりない搾取だ」

ヴェーラ「私にもあなたの『資本論』という本を理解できるでしょうか？」

マルクス「これこそが学問だと思って勉強することです。そうすればどんな学問でも理解できます」

二人は建設現場からあがる塵埃にまみれながら、線路が敷かれる築堤の斜面に腰をおろした。マルクスはヴェーラに、自分の発見の中心部分である資本主義の隠れた法則の解明について説明しはじめた。

〈マルクスは現場監督を指さした。投入されている機械類が誰の所有物であるか教えてやった。世界がどんなふうにして商品だけの世界となったのか話した。労働力こそは、ここにいる賃金労働者たちが市場で提供できる唯一の商品だということを。彼らは自分の労働力を売ることでしか生き延びることができない。一方、そんな人たちから労働力を買い取る人たちは、どれほど高価な商品が自分の手に落ちるのか知っている。そして、こういうぎりぎりのところで生きる人たちに支払う金額をさらに抑えようとするのは、提供された労働力で生み出される価値が提供した者が賃金として受け取るものよりもはるかに多いとわかっているからだ。こうして、労働市場を操作し、労働力という商品を有利に買い入れるすべを心得ている人は、ロックフェラー家やヴァンダービルト家といったアメリカの鉄道王たちのように果てしなく豊かになれるのである〉

帰路についてもマルクスはしきりにヴェーラに話しかけた。心にきざすヴェーラへの思いと闘いつつも、自分に対するヴェーラの尊敬の念が増し信頼の度が上がっていることが感じられて、マルクスは悪い気はしなかった。別れの挨拶は互いにぎこちなかった。ヴェーラはムスタファ・シュペリエール方面への馬車鉄道に乗りこみ、マルクスは徒歩で中心街へ向かう。歩きながら、マルクスはふと自分自身を確かめたくなり、奇妙な決断をした。一八八二年四月二十八日午後四時、彼はカスバ近くにある写真家で理髪師のE・デュテルトルの店に足を踏み入れた。もう一度別人になろうと思ったのだ。

「アルジェリアの床屋」における髪の毛と髭の供物（プロローグ参照）は、一方ではいたって平凡で、単純に心温まる解放行動だ。最後の最後にマルクスはトレードマークとして偶像化されているもじゃもじゃ頭の髭面に逆らったのである。その最後の肖像写真ではマルクスはおだやかで愛想のいい顔をしていて、それは「いちばん美しいマルクス像」（マルレーネ・ヴェスパー）であるという。これだけでも、この「脱皮」は生きていることの証しであり、大半の伝記が書きもらしている革命的なものを含んでいると言っていいだろう。だが、その一方で、この髪の毛と髭の一件には聖アントニウスの誘惑の絵から窺える地獄的なものもついてまわることになる。

ペンション・ヴィクトリアに戻ると、宿泊客の一人、若いアルマン・マニャデールが急死したと知らされた。女性オーナー二人とロザリさん、カステラス母子、クロード夫人、ヴェーラが朝食ルームに集まっていた。ステファン医師もいる。ちょうど布に被われた死者が運び出されるところだった。マルクスが部屋に入っても、すぐにマルクスであるとは気づかなかった人もいた。

ロザリ「マルクス教授、ですよね？　ああ、こんなことになるなんて。アルマンさんがお亡くなりになったんです」

マルクス、ステファン医師に向かって、「いったいどうしたんです？」

「急性心不全です」

後ろのほうにいたヴェーラがマルクスを見てびっくりし、困ったような顔つきをしている。それに気づいたマルクスは不安になった。ヴェーラが部屋を出て行く。

マルクスはついさっきまで家族同然に思えていた人たちが急によそよそしくなった

ような気がした。咳の発作に襲われ、たまらずステファン医師をわきへ連れて行く。

「ここだけの話だが、こう暑くてはせっかくの南風《シロッコ》も体の負担になるだけだ。そろそろアルジェからは逃げ出したほうがいいと思うんだ」

ステファン「明日の三時に私の診療所においでください」


ヴェーラは、「家庭教師いたします。推薦状あり。当方、独身、女性。問い合わせはホテル・ヴィクトリアまで」[20]という広告を新聞に載せていた。今、彼女は身だしなみをととのえ、オテル・ドリヤンの入り口に向かっている。ロビーを抜け、カフェテラスに足を踏み入れた。隅のほうにそこを定席としている老フレーベル博士の姿が確認できた。今回はいつものお供の人たちではなく、自分の二人の娘と就学年齢に達している子供たちと一緒だ。ヴェーラがそのグループに歩み寄る——遠目にはどことなく気後れしているようにも見える。女性の一人が「プティ・コロン」を高く掲げ、ヴェーラに自分たちのテーブル席に座るよう声をかけた。どうやら、家庭教師を依頼するための面談のようで、（このままいけば）うまくまとまりそうな雰囲気である。もっとも、子供たちを目にしたときのヴェーラの顔は、さほど嬉しそうではなかった。

一八八二年四月末、アルジェの港に当時の最新鋭の戦艦が錨を下ろした。初めにロシアの装甲巡洋艦「ピョートル大帝」号が現れ、数日もしないうちに六隻の装甲艦からなるフランスの艦隊が「ル・コルベール」号を旗艦としてやって来た。

マルクスはペンションの部屋から港を見下ろし、そこでの動きを何一つ見逃さなかった。植民地政策に関心を持つ以上は近代的な海軍組織にも目を向けなくてはいけない。マルクスは「ル・コルベール」号の見学に参加し、フランス人将校と下士官の付き添いのもと小舟に乗って、その艦船を海上からぐるりと見てまわった。その後、乗船も許され、タラップを伝って甲板に上がった。「下士官は頭のいいなかなかの好青年で、一つひとつ細かく説明し実演までしてくれた[21]」

下士官「この船はクランツ海軍中将が指揮官として座乗する旗艦で、乗組員は七百九十七名です。大砲は十五門あり、排水量一万二千トン、長さ百十メートル、時速十六ノットです。あちらが船員の宿所で、こちらは士官食堂です……」

マルクスはほかの艦船を指さした。「今回の派遣の目的は何ですか？」

下士官が答える前に、フランス人将校が言った。「ムッシュー、これは普通に行われている政策の一環です。私たちがチュニジアで行おうとしていることを思い出してみてください。それに、あなたはイギリス人でしょう？　あなたの国だってエジプトに手を伸ばしているではありませんか？」

マルクスは笑みを浮かべた。「大佐、私はイギリス人ではありません」

艦船のすぐそばに小さなボートが横づけされ、カビル族の衣装を着たプロイセンの監視役が何やら折衝に当たっていた。

「アフリカ滞在の最後の数日間はシロッコが暴れまくっていた。おかげでひどい暑さでね。さらには突風やら土埃やら、時には瞬間的ではあるんだが、いきなり冷えこむこともしょっちゅうで、さんざんだったよ」[22]。一八八二年五月二日、マルクスは汽船「プリューズ」号でアルジェの港を後にする。フェルメ一家だけでなく、カステラス夫人とモリス、ロザリさん、ステファン医師がやって来た。ヴェーラも埠頭に立ち、手を振った。

第3章

モンテカルロ、カジノ資本主義

カンヌに短期間滞在した後、マルクスは一八八二年五月八日にモンテカルロに到着し、そこに一カ月間とどまっていた。モンテカルロ――この無為に日々を送りながらも冒険をいとわない高貴なる人たちの隠れがは、美しい自然に囲まれているにもかかわらず、荒れて古びた盗賊の巣窟以外の何ものでもない。その「壮大なる記念碑」をなしているのはほかならぬホテル群である。ここには「ルンペンプロレタリアートに属するホテルやカフェなどのボーイと使用人[1]」を除けば、無産階級の中間層や下層民は存在しない。

脳が活性化しているのに肉体が衰弱していく状況下では、人は往々にして「地上のよそ者」エイリアンに突然変異する。が、マルクスはと言えば、ここモンテカルロで人々の金遣いの荒さとデカダンスぶりを目の当たりにし、金メッキ時代[2]の主役たちと接するうちに、「生の躍動」が身内によみがえってくるのを感じていた。また、ヴェーラも新しい主人と一緒に登場してくる。マルクスの心に葛藤が芽生える。そうした葛藤をマルクスは、毎日のように遭遇する奇妙なハイパーリアリティに能動的に関わり、それを正確に観察することで、また、どこに行っても人のいい気さくなドイツ人教授のマスクをかぶることで克服する。オテル・ド・リュシィに投宿するときは偽名を使った。しかし、マルクスの居場所はすぐにベルリンに伝えられた。ただしビスマルクではなく、皇太子妃のヴィクトリアに……。

「モナコは、厳密な意味で『政治』であり『国家』であり『政府』である。コンダミーヌはどこにでもある『プチブルジョア』社会だ。だが、モンテカルロは『楽しむところ』で、賭博場があるおかげでこの三位一体の財政的基盤になっている。奇妙なのは、あのグリマルディ家がずっと存続しているということだ。昔は海を荒らして暮らしを立てていたのに……」[3]

世の中の情報に関してはマルクスはアフリカ滞在以後、飢餓状態に陥っていた。モンテカルロのカジノに設けられている巨大な図書閲覧室に行ってみると、「パリとイタリアの新聞はほぼ全部そろって」いた。ドイツの新聞もイギリスのにくらべればよく集められている。マルクスは大英博物館で過ごしたときのことを思い出しながら、山のような新聞をかかえて隅のほうに行き、むさぼるようにニュースを読んだ。そのなかにはすでに過去のことになりつつある第一面のニュース、マルクスが高く評価していた進化論の祖チャールズ・ダーウィンが四月十九日に死去したことも含まれる。

「ここで僕の話し相手になっている人というのは主にオテル・ド・リュシィの食堂で一緒にテーブルを囲む人たちなんだが、彼らの関心はもっぱらカジノの賭場（ルーレットやトランプゲームのテーブル）で起こることに向けられている」[4]。昼食に同席した四人が騒々しく身振りを交えながら話すそばで、マルクスは見るからに居心地の悪そうな顔をしている。四人とはロンドンのワイン商ピタースバロウ氏、自称フランスの伯爵、それとロシア人とイギリス人だ。

ピタースバロウ「ロシアの外交官の奥さんが百フラン獲得したんですが、すぐに六千フラン失いました」

ロシア人「私のいとこは帰国の旅費さえもう手許にありません」

フランス人「そんなのは大したことじゃありません。私の仲間うちには全財産を博打ですった人がいます」

イギリス人「一攫千金なんて言いますが、そんなことができる人はほんのわずかです。賭博好きのなかでもほんの一にぎりですね。しかも、そういう人というのはもともとが大金持ちです」[5]

マルクスはもっぱら聞き役に徹している。

帝国創設後、一八七二年の末をもってドイツの賭博場はすべて閉鎖となった。フランスやドイツにおける賭けごとの禁止で特に恩恵を受けたのがモナコ公国で、それによってモンテカルロの賭博場は全盛期を迎えることとなる。夜ともなるとマルクスの座るテーブルは陽気になった。ほかの客も仲間に加わり、ワインの瓶が次々にまわっていく。ワイン商のピタースバロウが当時流行していた「モンテカルロで大儲けした男」という歌を歌いだした。

「光あふれる南国の浜辺から、パリを通って、たった今、俺はここに戻って来た。俺がモンテカルロに行ったのは、ただ冬場の料金を上げるため」[6]

酔いにまかせて終いまで歌うと、このグレートブリテンの倅は食器、料理、ボーイを引き合いに出しながら、テーブルを囲む人たちにくどくどと説明を始めた……。

〈手持ちのお金を殖やす方法があります。それも、そのお金とは別のもの、たとえば賃金労働者などというやくざな連中の助けを借りず、純粋にその手持ちのお金だけで殖やす方法です。ロンドンに証券取引所があるでしょう。あれはルーレットと同じなんです。さて、ここにチップを手にしている人がいるとします。ピタースバロウの声が大きくなった。まわりの人はそのチップは現金だと思うでしょう。でも、それはいわば想像上の資本と言ってよいものです。何かを期待させるものであり、希望を抱かせるものだからです。さあ、その人がいよいよ賭けに出ます。同時にカジノのディーラー、クルピエの買収もします。カードゲームなら、いかさま用の印のつけたカードを取り出します。「そしてモンテカルロで大儲けする」のです。結果として現金が生み出されるのであれば、イマジネーションを使ったゲームほど素晴らしいものはないでしょう。カジノを自分のものにし、クルピエに報酬を払いさえすれば、人は大した努力もせずに、いくらでも大金持ちになれるのです。場合によってはちょっとした略奪と人殺しが伴うかもしれませんがね。むろん、政治と国家と政府を掌中に収めておかなくてはならないことは言うまでもありません。でも、ここでは、そのへんのことはモナコ大公シャルル三世のマキャヴェリ的な政策がありますから何の心配もないでしょう。そのチップを手にしている人、すなわち、私《わたくし》ピタースバロウはワイン事業は売却し、金融取引に専念することにいたします……〉

座は大いに沸いた。だが、その演説を誰よりも理解していたのはマルクスだった。思わず、こうつぶやいていた。「だが、それはどういう連中だ？　あの堕落したブルジョアジーか。労働者階級から生み出した価値を賭博で擦《す》っては、自分たちは世界の主人だとほざいているやつらか！」

まわりの人たちは彼の言っていることをまったく理解できなかった。マルクスのメモに初めて「カジノ資本主義」という用語が現れたのはこのときである。

ヴェーラは、アルジェのドイツ領事ユリウス・フレーベルの娘の子供たちの「家庭教師」となった。そのフレーベルの娘が夫と子供たちと一緒にお供連れでモンテカルロにやって来た。カジノへ行く途中、たまたまヴェーラとその雇い主の一行と出逢ったマルクスはびっくりしてしまった。ヴェーラはすかさずマルクスに近づき、宿泊先のホテルを教えてもらう。フレーベルの娘の夫はシカゴ出身の裕福なアメリカ人で、数年前にヨーロッパに移り住み、ごく限られた上流の人たちだけのサークルに属し、たまに妻と子供を連れて旅行に出ていた。名前はジェイムズ・ハイド・ヘイズン、親から精肉会社を受け継ぎ、個人的にパリで芸術の勉強をしたこともある。ただ賭博にはまっていて、ベーベルの愛読者であるヴェーラは彼を嫌っていた。

こうした金メッキ時代の一族はハインリヒ・マンの長篇小説『女神たち』にも描かれているが、知識人のことは軽蔑のまなざしで見ていた。しかし、同時にそういう知識人を巧みに雇い入れてもいる。マルクスもこの人たちからはそんな目で見られていて、ヴェーラにはそれが腹立たしくてならなかった。

マルクスはホテルから出ていつもの散歩に行こうとしていた。近くに「キオスク」がある。「そこには毎日貼り紙がしてある。印刷されたものではなく手書きのもので、書いた人のイニシャルつきだ。ルーレットやカードゲームで一千フランの元手で百万フラン儲けられるという秘密の理論を六百フランでお頒けいたしますというのだ[7]」

マルクスがその貼り紙をおもしろがって眺めていると、後ろからピタースバロウが近寄って来た。赤ら顔が輝いている。

ピタースバロウ「こんなのは当然、詐欺ですな」

すぐそばにあるカフェでは数人の紳士と淑女が座り、印刷された小さな表にせっせと「数字を書きこんで計算をしている」。

ピタースバロウがそのカフェを指さした。「あそこにいる紳士淑女らが精神病院の入院患者みたいに振る舞ってくれると、上の城に住んでいるグリマルディ家は——海賊ですけど——嬉しくてたまらないんです。でも、いいですか、ムッシュー、システムというものがあるんです、いろんなシステムがね——ここにないだけで。一緒に参りましょう、あなたにカジノをお見せします。私は何の問題もなく入れるんです」

「賭博場に行くのは好きじゃない」とマルクスは娘のエレナに書いている。しかし、すっかりその一員となっているピタースバロウはマルクスを案内して、ドイツ、ロシア、フランス、イギリスの富豪たちが群がる金銭欲の煉獄のなかを抜けて行く。それはまさにダンテの煉獄篇の世界そのもので、そうしてカジノのさまざまな部屋を抜けて最後に行き着いたのは超満員のルーレット場だった。その群衆のなかに立ったマルクスは明らかに周囲から浮いた異物ではあったが、しかしまた、何ものをも見逃さない眼力の持ち主でもある。もともとが大のチェス好きなこともあって、カードゲームのテーブルでピタースバロウの手ほどきを受けて、しばしゲームに熱中したものの、二百フラン負けたところで腹を立て、それからすぐに、この体験の分析にかかっている。

マルクスもかつては、エンゲルスほどではないにしても、投機をしていたことがある。「訝しく思われるかもしれませんが、投機は私もやっています。アメリカの公債のほかにイギリスの株券でもやりました。株券のほうは今年になってキノコみたいに地面からにょきにょき生えてきたものです〔……〕。この種の操作にはさして時間が取られませんし、相手方から金を巻きあげるには多少のリスクを冒してもかまわないでしょう」[8]

だが、マルクスが今やろうとしていることはもっと大きなことだ。カジノ資本主義という巨大なカジノのためにどういう行動をとるべきか、彼はそれを書こうとしている。マルクスとエンゲルスは史的唯物論と称される歴史を動かす大きな力の分析をすべての年代にわたって展開し、新たな応用が可能になるところまで持っていった。やがて、歴史を動かしているのは人間の労働力であるという説には誰も異議を唱えなくなった。だが、資本主義による自然の変化、世界人口の急激な増加、原料になりうるものに対する需要の増大、それらは資本に思いもよらない新しい投資の機会を与え、満足のいく利回りをこれまで以上に得させることができるという認識は新しいものだ。マルクスはその「マクロトレンド」のモデルに取り組みはじめた。このようなモデルはスパンの長いトレンドに期待をかける投機家には黄金の価値があるだろう。

マルクスは実際に自分で試してみることにした。作成した表からは、北米の鉄道や鉄鋼の株式がこの一八八二年の五月に飛躍的に上昇すると読み取れる。そこでマルクスは、エンゲルスが今後の旅費として電信振替で送って来たポンドを「本来の目的からはずれて」投資することにし、二週間のうちに四千ポンドの利益をあげたのだった。そしてオテル・ド・リュシィの知人を通して全額をこっそり換金した。こうして懐具合に関しては何の心配もなくなり、気分もよくなった——もちろんそんなことは人には内緒だ。「世界を動かす役割をになう絶対的存在としては貨幣以上に明白な象徴はない」[9]のである。

マルクスはモナコ人の医師クーネマンの診療所で「裸体美を前からも後ろからも見せびらかして」診察・治療をしてもらうことになった。「クーネマン医師もステファン医師と同様、肋膜炎にしても気管支炎にしてもその治療の基盤となるのは胃なので、体にいいものをたくさん食べるということを基本に据えている。そして、『いいもの』を『飲み』、外出して気晴らしをし、考えごとはなるべくしないようにとも言われた」。このアルザスの教養人は「フランス語にちょくちょくアルザス訛りのドイツ語を混ぜたり、たまに米国英語も混ぜたりする」[10]ため、マルクスは肝心の医学的な説明を細かいところまで追っていくのに苦労した。さらには左のリベラリスト特有の知識のひけらかしもそこに加わる。

クーネマン「左の胸が収縮しています。これを治すには運動するしかありません——私がモナコ大公シャルル三世の侍医だったのは、ご存じでしたか？　もっとも、私のリベラルな主義主張に辟易され、お役御免の仕儀となってしまいましたがね——向こうを向いてください——その後、私の後釜に座ったのはイギリス人なんですが、そいつが重病になりましてね、結局私がその人の治療をする羽目になりました——ここに今から発泡硬膏を塗布します——実は、私は一八四八年当時はストラスブールの学生で、熱心な活動家でした——どうぞ、着ていいですよ——でも、勉学に打ちこむうちに、何ごともゆっくりとしか前に進まないとわかったんです。革命に走る必要はないんだとね。大衆であろうがなかろうが、何よりもまず大事なのは教育です——請求書は、あなたも同業のようですから、もちろん発行しません」

マルクス「いやいや、私もたしかにドクターですが、哲学のドクターです。ですから、お金は払わないわけにいきません——払わせてください」

そう伝えると、クーネマン医師は喜んで承知した。

ヴェーラの出現でベーベルの『女性と社会主義』（邦題『婦人論』）がほのかな光を放っている。同時にヴェーラは新しい環境のなかで金メッキ時代の誘惑をも体現している。マルクスが自分よりはるかに若いベーベルを高く評価するのは、マルクスの家庭では何十年も闇に葬られていた男女の性の問題をベーベルが偏見なく扱っているからだ。

ホテルの部屋は広々とはしているが、大きなベッドや小ぶりな書き物机、ばかでかいクローゼット、やたらと高い窓はあまり見ばえがしない。窓の向こうに見えるのは海ではなく、狭い小路とそれをはさんで建つ、いちだんと大きなホテルだ。今は午後の二時。マルクスは机に向かい、メモを書きつけている。と、ドアをノックする音がした。マルクスはホテルの従業員と思い、「どうぞ」と応じた。遠慮がちにドアを開け、顔を覗かせたのはヴェーラだった。

マルクスが立ち上がる。「ヴェーラ！」

ヴェーラはまっすぐベッドに進み、そこに腰をおろした。「来ちゃいました。マルクスさん、私を雇ってくださった方たちのこと、ご覧になりましたよね」

マルクス「いかにも裕福そうだった！」

「とても裕福です。私、あまり時間がないんですが」

「ヴェーラ、私もそんなに体調がいいわけではない」

「でも、よさそうに見えますよ――お顔も『さっぱりされて』」

マルクスは椅子を引き寄せ、腰をおろした。「その話は、なしだ。あれからどんなだったのか話してくれ」

「はい、私がフレーベル家に家庭教師として雇われたのは、マルクスさんが出発される直前のことでした。奥様はフレーベル氏の上の娘さんです」

マルクス「あの威張りくさった年寄りか」

「ご主人はシカゴの精肉会社の跡取りです。でも、ご本人は、自分は芸術家だとおっしゃってます。ミュンヘンで肖像画を学んだそうです。お二人が子供たちを連れてパリやミュンヘン、ヴェネチアなどへ出かけられるのは、そういうことがあるからだと思います。私は子供たちに勉強を教えたり、身のまわりの世話をしたりしています」

「おもしろそうな暮らしじゃないか」

「そんな生活になってやっと二カ月です。たしかに、おもしろいことはおもしろいんですが、信じられないくらい退屈でもあります。マルクスさんは、こういう人たちがどんなふうに自分の時間を過ごしているか想像できます?」

マルクス「暇は私にもたっぷりあるが、まあ、でも、当ててみよう。まずは芸術鑑賞、それから芸術家との付き合いだな。そして、ちょっとしたサロン革命。バルカンには絵になる革命家がいくらでもいる。そういうのを社交の場に飾って……」

ヴェーラ「ええ、そんなところですが、ご主人のジェイムズ・ハイド・ヘイズンはそれだけでなく、博打にはまっています。何日も家族から離れて別行動をとることがあるんです。口では芸術家仲間と会うんだと言ってますが、私にはどう考えても……」

彼女はいまいましげにベッドのマットレスをたたいた。

マルクス「で、あなたは自分の時間をどう過ごしているんですか?」

「子供たちの面倒を見たり一緒に遊んだりすることのほかにですか？　奥様にはよく話し相手をするよう求められますね。あとは、とにかく本を読んでいます。特にベーベルを。最近は自分と社会主義が一心同体になったような気がしています。それと、今はダーウィンまで読むようになりました」

「彼は数日前に亡くなった」

「え、そうなんですか。家には新聞がないものですから。チャールズ・ダーウィン……うん、そうですね、私たち女性を理解するには進化の歴史はぜひとも知る必要があります」

マルクスの顔に笑みが浮かんだ。「これは、これは！」

ヴェーラが先を続ける。「私が奥様にベーベルのことを話したり、それこそ人類史というような大きなテーマを持ち出したりすると、奥様は本気で思い悩みます。でも、その後に決まってこう言うんです。『私の階級には関係のないことね』『アメリカは別です。あの国は古い歴史とは訣別したんです……』」

マルクス「それは、まんざらでたらめでもない」

ヴェーラ「奥様はこう続けました。『新しいアメリカの女性は社会的にも経済的にも完全に独立しています。支配や搾取の前に身を投げ出しているわけではありません。男性から自由な者、男性と対等な者として、自身の運命の主となっています』」

マルクス「ベーベルが書いていることとまったく同じだ。ただし、彼が言ってるのは、将来の社会主義の社会だが」

「ええ、ですから、このアメリカ人家族の現実はまったく違ったものになっています。あからさまに言えば、男は浮気をし、女はしない、です。そこで、私が、恋愛においては女性は男性同様に自由でなくてはならないし、妨げられることがあってはならないとベーベルに書いてあると言うと、ヘイズン夫人はそれには耳を貸さず、私に出て行くよう命ずるんです」

マルクス「うん、そうだな、ベーベルってのは気が短いところがあるから、たまに言いすぎるんだよな」

「どうしてですか？　たとえば、人は、衝動に駆られて欲求を満たしたとき、自分自身を省みるに当たって、これによってほかの人が害や不利益を被ったわけではないということを前提に考えます、そういうことではないのですか？　私はその部分を暗記しています。『性欲を満足させるというのは、ほかの本能を満足させることと同様、おのおのの個人の問題である。それについては誰も他人に釈明する必要はないし、他人が口出しすべきものでもない』[11]」

気まずい沈黙が生じた。マルクスは窓辺に歩み寄り、通りの角に目をやった。遊歩道が見える。イェニィとの結婚生活のシーンが次々と頭をよぎっていく。一八五一年にヘレーネが息子のフレデリクを出産したことも。一八五五年のカロリーネ・シェーラーとの三人婚のことも。カールスバートの色恋沙汰も。あのときは娘のタシィが守ってくれたっけ。それから自分の病気、だめになった体……。

ヴェーラが意を決したように立ち上がった。「カール、あなたが何を考えているか私にはわかります。デッサウにいる姉はフランツィスカ・クーゲルマンと知り合いです。姉はよくわかってて、あなたの二重人格的な生活についても書いてきました……」

マルクスが振り向いた。「黙れ、ヴェーラ！　きみに何がわかる！」

ヴェーラ「ごめんなさい、カール。でも、私にも多少の察しはつきます。国を逐われたせいでこんなことになってしまったんですね」

ヴェーラはスカートをつまんで、マルクスに一歩近寄った。「今はどうですか？」

二人は、気持ちのかみ合わないまま、向かい合って立っていた。

何台もの馬車を連ねてやって来たジェイムズ・ハイド・ヘイズンとその取り巻きが、馬車から降りるやカジノへと急ぐ。遊歩道に出て夕方の散歩をしていたマルクスは、そのなかにヴェーラの姿もちらりと見たような気がした。嵐になりそうな気配だ。洒落た造りのヨットが港に避難してきた。入り江を見まわしても人影はなく、声を出しても聞かれる気遣いはない。ここぞとばかりにマルクスは、半分は遊び心から半分は無力感から、大声を発した。何年も前に『資本論』第一巻の脚注に引用したことがある文言だ。「自然が実りのないことを恐れるのと同じように、資本は利益が上がらなかったり利益が小さかったりすると恐怖を覚える。相応の利益が伴うようであれば資本は元気になる。確実に一〇パーセントの利益が見こめるのなら、資本はどこにでも投入される。二〇パーセントならば、資本は溌剌《はつらつ》となる。五〇パーセントなら強気一辺倒だ。一〇〇パーセントともなると、人間のいっさいの法を踏みにじる。三〇〇パーセントなら、これはもう断頭台にかけられても不思議はない犯罪行為だ[12]」

「金融システムがクラッシュ寸前になると、市場の見えない手というのはそもそもが存在しないから見えないのだという人の意見が正しいと見なされるようになる。そして、そのときにはもう手のほどこしようがないほど問題は大きくなっている。経済のエリートは昨日までは国家をカジノ資本主義における使い走り程度に思っていた。それが今日はその使い走りにツケの支払いをしてくれと、まわりに聞こえないよう小声で頼んでいる[13]」

新しいことに対しオープンな態度で臨むことを常としていたマルクスは、モナコの狂気を目の当たりにするうち、そこから得たものが自分の認識を固めてくれているのを感じていた。それは、ここの人間が、全体像どころか、その一部ですらも誰一人として知ろうとしないものだった。――ここでは大資本家階級が不遇のルンペンプロレタリアートと一緒になって金銭欲のとりこになっているが、その大本は狂気の「賭博場」(あるいは「合理的な貨幣流通」がなされる場のようなもの)ではないのか? ギャンブルは、モナコに限らず、ほかのどこであっても「政治、国家、政府の三位一体の財政的基盤」ではないのか？　問題にすべきはカジノ資本主義だけなのか？

ホテルの自室。例のメモ書きのバインダーから取り出された紙がベッドや机、椅子だけでなく床にまで広げられ、壁にも貼り付けられている。マルクスはそれらを眺めながら行ったり来たりしていたが、やおらクローゼットの前で立ち止まると、その扉に留めた空白の用紙に「投機を投機によって終わらせる法」と題して、注意点を列挙しはじめた。

〈マクロ・トレンド：グローバルなマクロ・ファンドは、通常、リターンを生むためにあらゆる市場や手法を使ってグローバルなマクロ経済の事象を予想しようとする。――自由裁量のマクロ：取引は投資マネジャーが選ぶ投資によって実施される。――システマティック・マクロ：取引は数学モデルを使って実施され、人間が介入するのは初期プログラミングだけの計算機によって実行される（これはすぐに発明される。たとえばチャールズ・バベッジの解析機関、ホレリスなど）。――商品投資顧問（CTA、マネージド・フューチャーズ、トレーディング）：ファンドは商品市場において先物取引（またはオプション取引）をする。――システマティックな多角化：ファンドは多様な市場で取引する。――システマティックな通貨取引：ファンドは外国為替市場で取引する。――順張り：ファンドは長期ないし短期のトレンドに乗って利益を得ようとする。――逆張り：ファンドはあるトレンドにおいて反転を予想することで利益を得ようとする。――マルチ戦略：ファンドは戦略を組み合わせて使う〉

ところで、擦り傷の目立つバインダーの表紙には大文字で「ヒストラーブ」とあり、その下に「歴史の測角儀」とあるのがかろうじて読める。ただし、マルクスはWinkelmessung《ヴィンケルメスング》（測角法）という言葉の代わりにWinkelzugmessung《ヴィンケルツークメスング》（言い逃れを測る法）を使っている。それを見て、ひとりにやりと笑みを浮かべた。「だが、全体が目の前に出来上がってもいないうちに、漠としたものを部分的に送るなんてことは僕にはできない相談だ。多少不備があっても、自分で書いたものが芸術的なまとまりをなしていることが僕の良さなんだ。そして、それは、書いたものがまるごと目の前にそろわないうちは絶対に印刷にまわさないという僕のやり方によってしか実現されない」[14]

一八八二年六月初めにマルクスはモナコを離れてパリに向かい、そこで家族と会った。このアルジャントゥイユでの滞在は何週間にも及んだが、マルクスが家族全員と一緒になったのはこれが最後になった。娘のイェニィとラウラ（およびその夫のロンゲとラファルグ）と孫たち、そしてタシィも――リサガレーとの交際をマルクスに禁じられ心身ともにまいっていたとはいえ――健康がすぐれないイェニィの面倒をみるために時どきロンドンからやって来た。リヨン駅でマルクスを待ち受けていたのはイェニィとロンゲと三人の男の子だった。ラウラとラファルグとタシィはいなかった。久しぶりにマルクスは自分の綽名を耳にする。

男の子たち、特にジョニィが大きな声で、「モーア、髭はどうしたの？」

イェニィは三カ月前よりも病気が悪化したように見える。それに、明らかに妊娠している。ロンゲとポーターが手荷物を受け取った。

マルクス、イェニィに向かって、「どうだ、体の具合は？　おまえたちだけでも来てくれてよかったよ。わしに必要なのは、なんと言っても安らぎなんだ。ティエール通り十一番地の家でおまえたちと一緒にいられれば、それでいい[15]」

それから男の子たちに向かって、「髭はヘリオスに捧げた。それが誰かは、きみたち知ってるよな」

ロンゲ家の居宅でマルクスは足を伸ばしている。「安らぎと言うとき、僕の頭のなかにあるのは家庭生活、子供たちが立てる騒々しい音、マクロの世界よりもはるかに興味が湧くミクロの世界だ[16]」

だが、そう簡単にマルクスが思っていたようにはならない。何週間にもわたって来る娘のイェニィとラウラ（およびその夫たち）と孫たち、そしてたまにやって来るタシィと一緒に過ごした時間は、ゆったりと安らげるようなものではなかった。姉妹どうしの軋轢《あつれき》もあれば、シャルル・ロンゲと妻とのあいだで、あるいはマルクスとのあいだでいくつもの摩擦が生じた。マルクスは近くにあるアンギアンという湯治場で療養を続けている。エンゲルスに宛てた手紙には日々の出来事が凹面鏡で集めたように一まとめに綴られているが、そこに描かれているのは家族内のいざこざにすっかり巻きこまれているわが身の境遇だった。[17] この家族も地獄と無縁ではなかったのだ。「……女性解放は素晴らしい理論ですが、カールのほうではそのままになっていました。それがうまくいかなかったのは決して彼自身のせいだけではありません。故国を逐われて〔彼とイェニィが〕嘗めさせられた辛酸のせいもあったのです。でも彼はそういうことはすべて自分の内に秘め、生涯、それを表に出すことはありませんでした――エンゲルスの前で『したたかな家長』を気取ってみせるような真似は一度もしなかったのです[18]」

「僕の一日は朝の七時半に洗顔をし、着替えを済ませ、モーニングコーヒーを飲んだりすることで始まる[19]」。この時間帯は数種類の軟膏の擦り込みや、弱った体を回復させるための治療や運動にも充てられる。「八時半に家を出てアンギアンに行き、たいてい十二時には帰ってくる[20]」。この日はラウラもやって来た。マルクスに付き添うための準備だ。ラウラはむすっとしている。というのも、マルクスはレマン湖畔のヴヴェイでしばらく療養生活を送ろうと思っているのだが、ラウラにそれに付き合ってくれるよう頼んでいたからだ。

マルクス「カカドゥー（ラウラの愛称＝訳註）、そんな顔をするな。これは練習だ。

わしはとても一人ではヴヴェイまでの長旅を果たせない。アンギアンでは昼までカフェに座っているだけでいい。それは硫黄泉でわしが汗を流すのよりずっといいはずだ」

「それからアルジャントゥイユで家族で昼食[21]」

このときの「家族で」にはラウラのほかに、恋愛のことで傷ついていたにもかかわらず病気のイェニィの面倒をみるためにロンドンから駆けつけたタシィも含まれる。

ラウラ、タシィに向かってとげとげしく、「あなたがまた昔のように食事の面倒をみてくれると、こちらは嬉しいんだけどね。あなた、まだあの能なしのジャーナリストを忘れられないの?」

タシィ「リサガレーは能なしなんかじゃないわ!」

マルクスはタシィにきびしい視線を向け、もうよせと言うように手を振った。

「午後の二時から四時までは休養[22]」。マルクスは服を着たままベッドに横になり、金銭出納帳に数字を書きこんだ。胸の上には紙片が何枚も広げられ、そのなかにはエンゲルスのサインがある額面千二百フランの小切手もある。証券取引所で投機をして儲けたことで、マルクスは初めて、エンゲルスからの援助金を問題なく返済できる状況にあった。まもなく小切手と一緒にエンゲルスに送ることになる短いメモをあらためて見つめながら、にやりと笑みを浮かべた。

「それからは子供たちと一緒に散歩をしたり追いかけっこをしたりだ。おかげで、聞いたり見たりってのが（もちろん考えるってのも）乏しくなるのは、『現象学』のヘーゲルなんかよりはるかに徹底しているね[23]」

特にマルクスのお気に入りの孫である六歳のジョニィは、あちこちはしゃぎまわることでは抜きん出ていた。

「最後に八時に夕食となり、これで一日の日課が終了する[24]」

この日の夜は二人の婿が加わり、家族全員が一堂に会した。

ラウラ、義兄のロンゲに向かって、皮肉っぽく、「夕食をご一緒できるなんて光栄ですわ」

イェニィ「この人、ふだんは昼までベッドにいて、夕方の五時にはパリに行ってるんです」

ロンゲ「そういう棘のある言い方をされる理由はわかっています。単にジョニィがタシィと一緒にロンドンへ行くことを私が望んでないからです」

マルクス「シャルルくん、ジョニィはここにいると荒っぽくなってね、読み書きの初歩も忘れる始末だ。退屈のあまり不作法にもなったし」

ジョニィ「おじいちゃん！」

タシィ、ロンゲに向かって、「イェニィ姉さんのことは全然考えないんですね、今の状態ではそのほうが姉さんにとっても負担が軽くなるのに。私はぜひともジョニィをロンドンへ連れて行きたいと思っています。ジョニィだって行きたいんでしょう？」

ジョニィがしきりにうなずいた。

タシィ「海辺には私たちも二週間いることになります」

マルクス「タシィの規律の厳しさは天下一品だ。きっとジョニィをきちんとしつけてくれるさ」

ラファルグ、座を取りなすような笑みを浮かべ、「私も数日ロンドンにいることにします。あなたたちを監督しましょう」

そう言いながらタシィとジョニィとイェニィを見やり、それからマルクスのほうに目を向けた。「みなさん、ちょっと興奮してしまいましたね。もう十時です」

マルクスが立ち上がった。「今からじゃ手紙も書けないな。おやすみ」

メイトランド・パーク・ロードの書斎が恋しくなった。

〈マルクスは夢を見ている。自分の書斎はさながら魔法の場所で、小道具や本の表紙、図版、ライプニッツの家の壁紙の一部、その一つひとつがシンボリックだ。エンゲルスの並々ならぬ努力によっていずれ『資本論』の第二、第三巻としてまとめられることになる原稿は、すでに書き上がってはいるものの、もう長いこと秘めたままにしている。それが今、夢のなかでマルクスに重くのしかかっている。構想中の第四巻のページまでも。だが、最後にはすべてが溶け合って数式と経済学の図表だけになり、夢見る者をシンボルの渦のなかに巻きこんでいく〉

マルクスは来客で起こされた。アルジャントゥイユ滞在もこの日で最後というときになって、以前から「謁見」を切望していた『資本論』のフランス語への翻訳者ジョゼフ・ロアを昼食に連れて来ることにロンゲがようやく同意したのだ。「冷たい北東の風が吹いていた。ロアとは庭で話すことになったんだが、おかげで風邪をひいてしまったよ。ロンゲのせいだ！」[25]

マルクスは『資本論』のフランス語版を手にしている。洟をかんだ。

ロア「家のなかに戻ったほうがよくはありませんか？」

マルクス、薄手のコートを掻き合わせて、「すぐにもね。ところで、ロアさん、これだけは言っておきたい。モンテカルロに立ち寄ってからというもの、私に明らかになったのは、どの銀行も潜在的に賭博場であること、そして、そのことは世界じゅうどこでも政治、国家、政府の三位一体の財政的基盤をなすということです。これはぜひともフランス語版のまえがきに入れなくてはならない。増刷はあるんでしょう？」

その後、八月の末から九月末までマルクスは、当初一緒に行くのをいやがっていた娘のラウラに付き添われて、レマン湖畔のヴヴェイで療養を続けている――「極楽みたいなところで生活していると、ついついこの辺は何も起こらないところなんだと思わずにいられなく」[26]なりながら。それでも、ラウラと一緒にボートに乗っては、湖上で『資本論』の続巻の仕事をどう進めるべきか議論した。後にエンゲルスと争うことになったラウラは、このときの会話をもとに、遺稿の編集を自分で行う権利を手にすることになる……。

帆を張った小さな漁船に座り、若者に舵を取ってもらいながら、湖を囲む山々を背にマルクスは熟慮を重ね、考えをまとめていく。何も目に入らず、何も聞こえない。

〈生産の場で労働力という商品を消費するとどれだけの利益を生むことになるか、それをなぞるだけでは充分ではない。全体として見たときの資本の世界的な活動だけが問題なのでもない。利子生み資本も、株式市場も、地所の資本化もだ。たとえば資本が世界のあちこちで地下資源だけでなく、自然全体、水およびその他諸々を自己の所有物と見なすようになると、その背後には人間も集団も立っている。そう、やはり階級が問題になるのだ。世界じゅうで語られている二つの階級よりももっとたくさんの階級が。さらには新しいエリート層も。そうした役柄のものについては彼はこれまでほとんど書いてこなかった。そんななか、ひらめきをもたらしたのはアルジェであり、とりわけモンテカルロだった。この手の勝者、「優勝者」というものを一度は体験してみる必要がある。その連中を理性の地平、共通の利害の地平に引きずり下ろし、際限のない貪欲さを撲滅するにはどうすればいいかというイメージを得るために〉

ラウラはせっせとメモを取った。だが、マルクスはヒストラーブについてはラウラに語っていない。

第4章

ロンドンに帰る、そして死

一八八二年九月末。当時のロンドンは約五百万の人口をかかえ、世界最大の都市として抜きん出ていた。時代の先端を行く活力にあふれている。久方ぶりに戻って来たマルクスにとってロンドンはものすごい衝撃だった。天候はたしかに寒く、霧もかかっていたが、帝国の中心都市としての震えが伝わってくる。それは、アルジェやモンテカルロ、アルジャントゥイユ、ヴヴェイなどの牧歌的雰囲気どころか、パリともまったく異なるものだった。

マルクスはブライトン駅で辻馬車に乗った。風貌は変わったものの、顔そのものが変わったわけではない。あたりを見まわす。「俺は何をしにここに戻って来たんだ?」馬車がホルボーン陸橋を通り過ぎた。そこでは一月からずっと、三千個の電球を使ってエジソンの発明のデモンストレーションを行っている。新しく建った立派なビルの前を通って行く。交通の動脈も新しくなっている。短く刈りこんだ頭髪にうっすらと無精髭を生やした老人はすっかりロンドンという街に呑みこまれていた。それは、個は社会の調和の構成体にほかならないということを証明しているかのようだった。

マルクスの自宅前にタシィとジョニィ、ヘレーネ・デームート（ニム）とフリードリヒ・エンゲルス（ジェネラル）が立っている。ジョニィが前もってみんなに（「モーアの髭がなくなったんだよ！」と）教えていたにもかかわらず、また、見るからにマルクスが肉体的に弱っていたこともあったにせよ、ニムとジェネラルは困惑の色を隠せなかった。そのまままっすぐ家に入ると、マルクスは真っ先に書斎へと向かった。そこは何も変わっていない。旅先で記したメモのたぐいをトランクやバッグから出しては机に並べていき、最後に「謎めいたメモ書きを綴じたバインダー」もそこに置いた。そこから覗いている幾何学的なスケッチが、マルクスについて来ていたジョニィの目に留まった。

ジョニィ「おじいちゃん、これ何？」

マルクス「え、ああ、いたずら書きさ」

エンゲルスがリージェンツ・パーク・ロード一二二に住むようになったのは一八

七〇年からだが、そこは一八七五年から今の地に住んでいるマルクス家とは、チョーク・ファーム駅そばの跨線橋を越えて行けば、歩いて数分足らずの距離だ。マルクスの書斎は家の中心であり、研究の成果がいっぱい詰まったその場所からは研究方法に関しても窺い知ることができる。夢のなかに現れていたものが、今からようやく現実に調べられ確かめられることになる。その空間をマルクスは再び自分のものにしつつあった。

とはいえ、マルクスがロンドンにいたのは数週間だけだった。アルジャントゥイユやヴヴェイにいたおかげで体調はよくなっていたのだが、ロンドンの霧にさらされて気管支炎がぶりかえしてしまったのだ。エンゲルスに強く勧められ、マルクスは海洋性気候のなかで過ごすべく、ワイト島のヴェントナーへと逃げた。「ここでは山の空気と海の空気を同時に味わいながら、何時間でもぶらついていられる」[1]

　このころのマルクスの会話は、晩年に取り組んでいた自然科学や数学の研究から推し測ることができる。(遺稿には一八七〇年以降の生理学、地質学、鉱物学、化学などの知見が幅広く引用されている。マルクスは常にその時代の自然科学が到達した知識の高みにいて、最終的にその成果を自分が考える社会に関わる新しい学問に結びつけたいと思っていたのだ。)

孫のジョニィが数日間の予定で、タシィに連れられてヴェントナーにやって来た。ジョニィは文字が読めるようになり、数字や足し算、引き算も覚えたばかりだ。海岸の切り立った崖に沿って走る狭い馬車道を散歩しながら、マルクスは孫に微分法の美点を教えておこうと思った。

マルクス「いいか、ジョニィ、もうそろそろアイザック・ニュートンとゴットフリート・ヴィルヘルム・ライプニッツという名前は覚えておくんだぞ。波とか、家の切妻とか、カモメが飛ぶのとか、おまえの目に見えているものの奥には必ず数字が隠れているんだ。数字と数字の関係だ。おまえが二足す二はって言うときのような関係がな」

「四だよ、おじいちゃん」

「そうだな、ジョニィ。でもな、数字についてはもっと、うんとたくさん習わなくちゃいけない。いっぱい覚えれば自分で波を起こしたり家の切妻を設計したりできるようになる。そして、いつかは飛ぶことだってできるかもしれない……アイザック・ニュートンとゴットフリート・ヴィルヘルム・ライプニッツ……ほかにもダランベールやオイラー、ラグランジュ……」

マルクスは背筋を伸ばした。「ジョニィ、前へ進むんだぞ。そうやって、どんどん肺に空気を吸いこむんだ」

それから、祖父と孫はヴェントナーの波止場に腰をおろした。遠くに陸地が見える。

マルクス「はるか南のバイエルン王国にミュンヘンという街がある。そこでは電気の博覧会をやっている。電気って何だかわかるか?」

「いなずまだよ。パパから聞いたことがある」

「そうだ、稲妻は力、エネルギーだ。この力を機械に使えば、そこについている車をまわすことができる。ミュンヘンの博覧会では、この力が何マイルも先までどうやって運ばれるのかを見せている。電線を使って送るんだ。ほら、あそこにも見えるだろう」

ジョニィはちゃんとは聞いていなかった。「おじいちゃん、何でカモメは、翼を動かさなくても飛べるの？　アイザック・ニュートンなら知ってるかなあ」

数日後、対岸からの船が桟橋に横づけした。

マルクス「タシィがおまえを迎えに来たぞ」

ジョニィ「何か変な顔してるよ」

マルクスの娘イェニィは、一八八三年一月十一日、三十八歳でアルジャントゥイユで亡くなった。癌だった。

「私は父に死刑宣告を持って行くような思いでした」とタシィは書いている。「この知らせをどう伝えればいいかと、私は道みちずっと思い悩みました。でも、口で伝えるまでもありませんでした。父は、私の顔を一目見て悟ったのです」

マルクスは即座に言った。「イェニィが死んだのか！」[2]

マルクスは自分が死ぬのがわかっている。そういう状態に置かれると、地平がとてつもなく広くなる。学者として世界史や自然史の歩みに取り組んできたマルクスは証券取引所の歩みも押さえたいと思っていたが、ここに来て突然、自分はこの巨大なプロセスのなかのどこに位置するのかを見定め、無限のなかの己の有限性に想いを致してみようという問題意識が頭をもたげた。「永遠なのは原子だけだ」と彼はすでに若いときに書いている。だが、このとき明らかになったことがどれほどの広がりを持ち、マルクスがそれに圧倒されてしまったかは容易に想像がつく。それというのも、彼が諦めの境地に陥り、火酒に頼り、末期の時の訪れを数週間にわたって堰き止め、最期の瞬間にもがばっと身を起こして抵抗する姿勢を見せたからだ。

数日後にタシィが訪ねて来たとき、マルクスは飲みすぎた。リサガレーの件があってからタシィが自制していたため、なかなか二人きりになる機会がなかったのだが、マルクスとしてはタシィに自分たち二人に関わることのすべてを、その総体性というものを説明したかったのだ。そんなことを言われても私にはどうすることもできないとたびたびタシィに遮られ、途切れ途切れにはなったものの、それでもどうにかマルクスは話を最後まで持って行った。それをジェルジ・ルカーチは四十年後に要領を得た言葉で表現することになる。「私たちの世界は果てしなく大きくなり、どんな片田舎でも、与えられるものも身に受ける危険もギリシア世界よりはるかに多くなっている。しかし、こんなふうに多くなると、そこに暮らす者を肯定的に支える意識、すなわち総体性というものがもたなくなってしまう。というのも、個々の事象の雛型が作られるとき総体性が持つ意味というのは、完結したものは完璧であるということだからだ。完璧と言えるのは、すべてがその内部で起こり、排除されるものもなければ、外にあるもっと高いものを示唆するものもないからである。また、すべてがその内部で完全なものへと熟していき、それが達成に近づくにつれ周囲との結びつきに従うようになるからである。存在の総体性がありうるのは、すべてがまず同質で、そのうえでそれぞれが形を与えられたときだけである。そして、その形は強制されたものではなく、意識されたものでしかない。すなわち、形を取りつつあるものの内部で漠とした憧れとしてまどろんでいたものが表面に現れ出たものでしかないのだ。そこでは知ることが徳であり、その徳こそが幸せである。そして、世界の意味は美によって目に見えるものとなっている[3]」

マルクス「うん、そう、ギリシア哲学の世界だな」

最後になってようやくタシィが言葉を差しはさんだ。「それってモーアの博士論文じゃない！　ギリシア哲学の世界といえば、デモクリトスもそうだし、懐疑学派や経験主義者もそうでしょう、みんな事物の実在を探究した……」

マルクス「非人が死ぬまへに、彗星が現れなどいたしませぬ。天は王侯の死を知らせようとして焔を吐くのです」（シェイクスピア「ジュリアス・シーザー」（福田恆存訳））

マルクス、エンゲルス、ヘレーネ、多くの共通点を有しつつ人生の澪《みお》を行くこの六十五歳の男、六十三歳の男、六十歳の女の三人は、残された日々、互いに入り乱れながら髑髏《どくろ》の踊りを演じる。例を一つ。一八五一年にヘレーネが息子をもうけたとき、エンゲルスはその子を自分の子として認知した。しかし、一九九二年にモスクワでその存在が明らかになったスターリン・コレクションに「フレデリク・デームート関係資料」というものがあり、そこから状況証拠の鎖がつながることとなった。それは、「ヘーレナ・デームート」の私生児の父親はマルクスであることを裏づける資料だったのだ。[4]

最後の六週間はまたたくまに過ぎていく。喉頭炎、気管支炎、肺の潰瘍、胃や腸の不調、毎日の「外用薬の適用」。マルクスはほとんど書斎に閉じこもり、たびたびソファに横になった。同じ家に住むヘレーネ・デームートはもちろんのこと、すぐ近くに住んでいるフリードリヒ・エンゲルスも毎日やって来ては経過を観察していた。張り合うようにして世話をするので、二人のあいだには軋轢も生じた。タシィも近くに住んではいたものの、何かと忙しく、ジョニィの面倒もみなくてはならない。「家で独裁を振るって」いたヘレーネにとって、マルクスは「大人物」ではない。マルクスが威圧的な態度に出てもヘレーネは屁とも思わず、「相手の気分や弱みは知りつくしているので、自在に操っていた」[5]。そういうところを見せられると、エンゲルスは少し腹が立った。マルクスの「大きさ」を知っているからだ。頭からは『資本論』の続巻の原稿のことが離れない。マルクスの荷物やあちこちに置かれた紙の束にまぎれたり、書庫の山のような本のなかに未整理のまま隠れているはずなのだ。

ヴェーラ・シュティルナーはメイトランド・パーク・ロードで辻馬車を降りた。マルクスの家を探す。おそるおそるドアをノックすると、タシィが開けてくれた。ヴェーラはつかえながらも、自分はマルクスと旅先で知り合った者で、体の具合がよくないと聞き、できれば何かお役に立てないものかと思い、やって来ました、と告げた。ヘレーネ・デームートとエンゲルスも出て来た。

ヴェーラはマルクスの状態を聞きつけると、自分からフレーベルに家庭教師の契約解除を申し入れ、ロンドンへ発ったのだった。そうして今、城主の守り番「ニム」と「ジェネラル」とに向かい合っている。自分は何のためにここにいるのか、そもそも自分がやって来たことをマルクスに知ってもらったほうがいいのか、それさえもよくはわからない。ヴェーラは近くに住むタシィのもとに泊めてもらうことになった。三年後、タシィは『女性の問い』という一文を発表している。ベーベルに影響されてのことだろうが、ヴェーラにも触発されたのかもしれない。ヴェーラは（うまいこと心をつかんだ）エンゲルスとだけでなく、ヘレーネとも上手に付き合い、家事や買い物を進んでやった。ヴィクトリア朝時代の硬直した人間関係がほの見える私的な社会主義的「三人婚」（マルクス、ニム、ジェネラル）はヴェーラの登場で崩壊してしまう。三人ともそれぞれがそれぞれのやり方でヴェーラと折り合いをつけなくてはならない。そのかぎりでは、ヴェーラは、今まさに死に赴こうとしているマルクスの前に立ちはだかって少しでも生へと向かわせようとする存在になっていた。

マルクスはヴェーラが来たことに戸惑いを覚えながらも、嬉しくもあった。いろんなことを考えました、とヴェーラは言う。ベーベルの本に対する理解も増したと思います。お力になりたいんです。お手伝いをしたり、お話しをしたり。あなたとだけでなく、家政婦さんやエンゲルスさんとも。お二人のことはお話を聞いてだいぶわかってきました。今の私に大事なのは前に進むことです。大きくても小さくてもいいんです。だが、マルクスとヴェーラの会話はしだいに少なくなっていく。マルクスがまだ何か望んでいるとすれば、それはせいぜい辺獄《リンボ》に立つ自分の前にヴェーラがおだやかな姿を見せてくれることだった。

エンゲルスがマルクス家のキッチンに立ち、壺にミルクを注いでいる。それから火酒の入った瓶を手に取って四分の一リットル注ぎ足し、木製スプーンでかきまわした。洗いものをしていたヴェーラがその様子を見つめながら、ベーベルの本の一節を冗談めかして暗唱してみせた。「家庭のキッチンは何百万もの女性にとって非常に骨が折れ、時間を奪われる、きわめて無駄の多い設備である。そこでは女性たちの健康が損なわれ、気分も滅入るだけでなく、特に大部分の家庭がそうであるように、お金に余裕がないときには日々の心配の種となる。家庭からキッチンが消えたなら、これほど女性の救いとなることはないだろう」[6]

するとエンゲルスがすかさず応じた。ウィンクし、同じ本から引く。「うん、そうだね。『家庭のキッチンは、銅版画制作者《クラインマイスター》の仕事場に似て時代に取り残された施設である。どちらもきわめて不経済で、時間や力、光熱材、栄養素を大量に消費する』[7]」。

ヘレーネが洗濯籠をかかえながら、やって来た。「ジェネラル、愛情が過ぎると、人を殺すことにもなりかねませんよ。[8] ブランデーの量が四分の一より多くなってました」

エンゲルス「モーアがそうしてくれって言うんだ。彼がミルク嫌いなのは知ってるだろう」

ヘレーネ「モーアがそう言ったって。モーアがねえ。あんな状態で何が決められるもんかね。決めさせるもんでもないよ。壺をこちらへちょうだい」

ヘレーネはこれ見よがしに「合成酒」をほんの少しだけ別の鍋にあけ、代わりに大さじ一杯ほどのミルクを足して壺の中身を「薄めた」。象徴的な儀式のようなものだ。それから、その壺を持ってマルクスの書斎へ向かった。エンゲルスがその背を見送りながら目をぐるりとやっている。ヴェーラが咎めるような視線をエンゲルスに向けた。

マルクスの書斎に足を踏み入れながら、ヘレーネが告げる。「モーア、はい、お薬です」

マルクスはカラフルな装丁の本をわきへ置き、ソファから身を起こした。「ミルク」をカップに注ぐのは自分でやらないと気がすまない。ヘレーネがその本を手に取った。

ヘレーネ「私もフランス語くらい読めるようにしとけばよかったでしょうかね。フレッドのことだから、またいかがわしい本を持って来たんでしょう」

マルクス「ニム、ばかなことを言うんじゃない。そんなことより、寝室に置いてあるブリーフケースにアルジェで撮った写真の焼き増しがまだ何枚か残っているはずなんだ。[9] それを持って来てくれないか？」

ヘレーネとヴェーラは二人きりで会話を交わすうち、しだいに親密になっていった。ヘレーネがたいへんな読書家で、物事を政治的に考え、特に自分なりのシャルル・フーリエ観を持っていることもわかった。それゆえヴェーラもベーベルを引き合いに出して答えることができる。そんなふうにして二人は互いに心から理解しあえるようになり、フーリエやベーベルの一節を会話に織りこんでは満足げな笑みを浮かべるのだった。

フーリエ「どう考えても、独身のままでいる女子の味方になったほうが賢明というものだ。その子らはふつうに見て断然美しく、断然丈夫な赤ん坊を産むことができるのだから。ところが世の男たちは大勢の美しい女性たちが独身のままでいるのをただ眺めている。その美しさが男たちには妖しい霊に見えるからだ。要するに、男たちは妻を寝取られた男になるのが怖いのだ。男にとって結婚生活とは理性と嫉妬と強欲とが合わさったものなのである。このようなばか正直なマキャベリズムは、大いに価値があり家の切り盛りもとても上手にできるはずの女子をうっちゃっておくことになる。これではあまりに不幸だ。その子らは金塊を持っていないから蔑まれるのだと見なすことほど腹立たしいことはない。では、娘を自分のもとに置いて大事にしている親たちは、何故に、富裕とは言いかねる家族にとって——守っていくだけの値のある大多数の家族にとっても——不都合きわまりないこんなしきたりを改革しようと声を上げなかったのか？——そんなことをあれこれ考えた末に出て来たのは、女性は文明世界では二つの階級に分けられるということである。十八歳未満の少女と十八歳以上の解放された女性である。この年齢を境に女性は恋人を選ぶ権利を獲得する。そのとき、そんなふうにして一緒になった人たちから生まれた子供の運命は法律に守られてしかるべきであろう[10]」

ベーベル「女性の完全な解放と男女同権とは、私たちの文化が発展していくにあたっての目標の一つであり、地上のいかなる権力もその実現を阻止することはできない。しかし、それは、人間が人間を支配すること――つまりは資本家が労働者を支配すること――をなくすという変革がもとになって初めて可能となる。今、人類はその最高点に達しつつある。何千年もの昔から人類が夢見、あこがれてきた『黄金時代』がようやく到来する。階級支配の終焉は永遠のものとなり、それとともに女性に対する男の支配も終わるのだ[11]」

こんな一節が交わされては、マルクスの家にたまの笑いを誘っていたのだった。

エンゲルスはマルクスの前では常に自己を滅し、第二ヴァイオリンを弾いていた。[12]さらに、この数週間のエンゲルスの慰め戦略は、当初は「酒と女と歌は人生の薬味である」[13]という人生哲学にもとづいていた。しかし、この信念はヴェーラが現れただけで崩れてしまった。エンゲルスは自分の主著『家族・私有財産・国家の起源』(一八八四)の仕事のペースを上げていく。

マルクスは書斎で肘掛け椅子に座っている。ヘレーネはドアノブをエンゲルスにゆだね、その顔にちらりと目を向けてから、急ぎ足で出て行った。

エンゲルス「レーンちゃんにいいように操られていますね」

マルクス、大いに物言いたげな顔つきで、「ほかの者と違って、僕の弱点はお見通しだからな。それに、フレッド、三十二年前にくらべりゃ今のほうがずっと……」

エンゲルス「モーア、その先は言いっこなしだ。息子のフレデリクはもう大人なんだし、近くにいるわけでもない……」

言いながら書きつけの紙の山を指さした。「ところで、これはどうする? 少なくとも『資本論』はもう二巻は……」

マルクスは「ミルク」をもう一杯カップに注いでから、謎めいたメモ書きを綴じたバインダーを指さした。声がかすれ、話すのもやっとだ。「ここにもまだ大事なことが仕事として残っている」

マルクスはヒストラーブのメモとスケッチを広げ、それに没頭した。エンゲルスも初めはおもしろがって覗きこんだりしていたが、しまいにいらいらしてきた。と、ようやく、マルクスの口から言葉がこぼれ出た。「こいつで僕はモンテカルロの証券取引所で四千ポンド儲けたんだ。カジノの賭博場でなく、『きみのお得意の』証券取引所でね」

そして、これまでにどんなふうにして「投機を投機によって終わらせる法」をもとにグラフを作成したか見せてやった。エンゲルスの目はそのメモ書きに釘づけになってはいるものの、あいかわらず半信半疑だ。

マルクス以後、今日に至ってもなお、人類史（および自然史）に関してはどうすれば総体的なイメージを持つことができるかが問題になっている。最近ではグーグルアースというソフトウェアが、惑星を全的に、かつそこで起こっていることのすべてを詳細に観察することを目指している。世界モデルが問われているのだ。もしかすると歴史の歩みというのは、かつて新大陸の発見に出かけて行った船乗りたちがアストロラーブというものを使って星の運行から方位を確認できたように、ヒストラーブの助けがあれば解明できるのかもしれない――マルクスが最後に夢見ていたのはそういうことだったのではないだろうか。

だしぬけにエンゲルスが言った。「それはそうと、話し合わなきゃならないことはほかにもある。党のこととか、綱領のこと、コペンハーゲン会議のことも」

マルクス「明日、明日。そんなことより、後でまたこの酒を持って来てくれ、新しい小説と出版社のカタログも……」

エンゲルス「……ニムも言ってましたが、このごろ、そんなのばっかり読んでますね」

山と積まれた小説を指さし、「これ全部読んじゃったんですか?」と言ってから、箱に詰めこんだ。

翌日、エンゲルスは党の活動状況について報告した。

マルクス、苦しげに、「ドイツ社会主義労働者党、公共の利益を害するおそれのある社会民主主義に対する法律、故郷をなくした仲間によるコペンハーゲンでの秘密会議、ベーベル、リープクネヒト……どれもみんな好きなんだが……」

ドイツ社会主義労働者党（SAPD）は一八七五年、社会民主労働者党（SDAP）と全ドイツ労働者協会（ADAV）との合併により誕生した。その歴史は一八七八年から八九年にかけて施行されていた社会主義者鎮圧法が及ぼした影響によって人々の心に刻みこまれている。その法律の失効後、党は一八九〇年にSPD（ドイツ社会民主党）と改称された。党の政策が地に足のついたものであるかどうかは、晩年のマルクスには――エンゲルスと違って――さほど関心がなくなっていた。ドイツに社会民主主義が生まれ、育ちつつあるとき、その党の政策にマルクスがどれだけの影響を及ぼしたかは、研究者のあいだでも異論がある。マルクスの「演出術」については皆一致しているものの、自己形成の途上にある労働運動に対する政治的、イデオロギー的影響についてはそうではない。マルクスにばかり的を絞っていくのは事実にそぐわない。もっと公平に扱うべき役者はほかにいくらでもいるはずだ（ロルフ・ヘッカー）。

ドイツ社会主義労働者党のコペンハーゲン会議の準備についてや、党内の小市民的俗物根性について、週刊新聞『ゾツィアールデモクラート』（社会民主主義者の意・訳註）との争いについて等々を延々と報告しながら、エンゲルスはマルクスに「しっかり聞いてくれ」と求めたのは二人の人生においてこれが初めてのような気がしていた。

エンゲルス「ベーベルとリープクネヒトはすでに出獄しています。でも、ビスマルクの『アメとムチ』の政策は着実に効果をあげていて、『ゾツィアールデモクラート』の編集者のなかには追従と従順の姿勢を見せることで社会主義者鎮圧法を免れようと思っているのがいます。事故や病気の保険についての草案が注目の的となっていますが、ビスマルクがそこでやっていることは、哀れな境遇に陥った男に対し自分の裁量でここまで情けをかけてやれるんだぞという意思表示です。しかし、この社会保険は、労働者階級が貧民救済の改善とか病気になったり事故に遭ったりした労働者に対する一定の扶助というごくわずかの代償を餌に、政治的な相続権を手放すつもりがあるかどうかを皇帝の名において問いかけたものです。コペンハーゲンの会議では断固として拒否するとの答えが出されました。党大会の総意は、有産階級のこれまでの態度を見るにつけ、その意図するものもその能力も信用しない、むしろ、社会改革と言いながら、それを労働者を正しい道からそらすための戦術上の手段としてしか利用していないことがよくわかったというものでした」[14]

マルクスはエンゲルスの報告が終わらぬうちに眠りこんでいた。ヴェーラが入って来て、例の犀のようなグレーのオーバーコートをかけてやった。

理論上の抽象的な構造物のどれを見ても、また「労働者階級」のどの戦略的なミッションを見てもわかるように、「生を享けたもの」は「生を奪われるもの」となる……。[15]

〈マルクスの夢は若いときにエンゲルスと二人で物した文章のまわりをめぐっている。「古いブルジョア社会、その諸階級および階級対立にかわって、各人の自由な発展が万人の自由な発展の条件となるような、社会組織がうまれるのである」[16]。以来、コミューンやソビエト、協同組合、反権威主義的な生活共同体などはすべてこの希望に拠りどころを求めてきたのだが、それらは今マルクスの目の前で輪郭がぼやけ混じり合っている。マルクスの口から溜息が洩れた。この地上の人間たちにはやはり互いの関係以外は何もないのだ。そして、そのことは是が非でも究明されなくてはならない。究明だ、究明〉

光あふれる書斎の真ん中、そこに据えられた木製の肘掛け椅子にマルクスは背筋を伸ばして座り、前方を見つめている。現実にはいつでも戻って行ける。マルクスが今動きまわっているのは別のところだ。生と死のあわい——過ぎ去った人生の両義性が明るみに出るのはまさにそこだ。死のヴェールを透かして党の抗争、証券取引所の繁栄、金メッキ時代の過剰ぶりが現れては消えていく。同時に大勢の訪問客、代表団、競合する党派もまぼろしのように押し寄せて来ては、まだ自分のまわりにいる少数の者たちをすり抜けるようにして去って行く。彼らの歩む道はその後の百三十年間、絶えずここで交差することになるのだろう。

一八八三年三月十四日、午後三時ごろヘレーネとエンゲルスが書斎に入って行くと、カール・マルクスは肘掛け椅子に沈みこむようにして座っていた。「眠っていた。だが、もう目覚めることのない眠りだった」[17]。

ハイゲイト貧民墓地で執り行われた葬儀にはシュールな空気が漂っていた。参列者は一ダースにも満たなかった。タシィとジョニィの姿はなく、ラウラとヘレーネとヴェーラは男たちに押しのけられて端のほうに立っている。『ゾツィアールデモクラート』編集部からとロンドンの共産主義労働者協会からの花輪が供えられている。

エンゲルスが英語で弔辞を述べた。「この人の死によってヨーロッパおよびアメリカの好戦的なプロレタリアートが、また歴史学が失ったものは計り知れません……」

ロンゲはロシアの社会主義者およびフランスとスペインの労働党から届いた電報

をフランス語で読み上げた。

ドイツ帝国議会議員のヴィルヘルム・リープクネヒトは、忘れられない友人であり師であるとして、ドイツ語でこう話した。「……人民を抑圧し搾取する者からは最も憎まれ、抑圧され搾取される境遇にあるとの意識を持つ者からは最も愛されていました。……私たちが敵の襲撃に抵抗し、ひとたび着手した闘いを絶えず力を増強しながら推し進めることができるのは、ひとえにマルクスが築いてくれた科学のおかげです[18]」

ラファルグもかつてともに闘った盟友フリードリヒ・レスナーとゲオルク・ロホナーと一緒にそこにいた。二人とも四〇年代の共産主義者同盟の初期の会員である。ほかに王立協会《ロイヤルソサエティ》の会員でマルクスの友人である動物学の教授サー・エドウィン・レイ・ランケスターと化学の教授カール・ショルレマーの二人がいたが、参列していたのはそれですべてだった。

エピローグ

マルクスとエンゲルスとの共生関係が実を結んで共同のシンクタンクが歴史に影響を及ぼすようになるのは、以上のような出来事から数年後のことである。マルクスの死後、エンゲルスは十年以上にわたって『資本論』の第二巻（一八八五年）と第三巻（一八九四年）の出版に従事した。ルイーゼ・シュトラッサー＝フライベルガー（カール・カウツキィの最初の妻）らが秘書としてエンゲルスの手助けをしている。社会主義の知識人に成長したヴェーラ・シュティルナーもそのなかにいた。

編集の仕事に関わった人たちは、証券取引所の役割が一八六五年以降著しく変化したことに困惑を覚えていた。それについては資本論の続巻用に書きためたマルクスの膨大なメモでは散発的に触れられているにすぎない。いや、でも、あのヒストラーブのバインダーがあるではないか。しかし、エンゲルスはそれを「アルコールにまかせてマルクスが遊び半分に綴ったもの」として真っ先にわきにのけていた。その後、ワインを飲みながら取り出したりすることはあったものの、最終的にエンゲルスはそれを金庫に仕舞いこんでしまった。

一八九五年に書かれた何枚にもわたる手書きのメモが残っている。エンゲルスが自分の記事に対して記したものだ。エンゲルスはその記事のなかで、マルクスが一八六五年にほんのちょっとだけ言及した資本主義による生産における証券取引所の占める位置について、綿密に分析しようとした。それによると、この三十年間に「変化が生じ、今日では証券取引所は著しくその地位が高まり、その役割もますます大きくなっている。こういう展開が今後も続くようであれば、工業ならびに農業の生産のすべては、また情報伝達手段ならびに交換機能といったやりとりのすべては相場師の手に集中する傾向がいちだんと強まり、その結果として証券取引所は資本主義による生産そのものを代表する第一人者となる」[1]。

エンゲルスとヴェーラは大きな秘密をかかえたまま仕事にかかっている。ヒストラーブのバインダーにはマルクスが最後の旅の途上で走り書きした証券取引所にまつわる式や投機の指示が詰まっている。秘密にされていたそのメモ書きの山が今ようやく労働者党や世界的な社会主義運動の歩みに決定的な影響を与えようとしていた。

エンゲルス「誰だって相場師でありながら社会主義者であることはできますし、だからこそ相場師の階級を憎んだり軽蔑したりすることもできるのです。私は以前ある工場の共同出資者だったことがありますが、それについて弁明する気などさらさらありません。そのことで私を非難しようという人が現れても、まわりから不興を買うだけでしょう。それに、私は、明日証券取引所で大儲けし、それでヨーロッパやアメリカの党に大がかりな資金提供ができるとわかれば、勇んで取引所に行きますよ[2]」

原註（ページ数は原著のもの。日本語版のないものは原文のまま）

プロローグ

1 『マルクス＝エンゲルス全集』（以下『全集』と表記）第35巻、S. 60

第1章 ロンドンから地中海岸へ

1 ポール・ラファルグ、『モールと将軍』所収、S. 321 f.
2 全集第35巻、S. 256
3 前掲書、S. 258
4 前掲書、S. 262
5 一八四九〜一九一九年、初めは無政府主義者（バクーニン）、その後、一八八〇年代初めにマルクス主義に向かうまでナロードニキの社会革命党の運動において重きをなす。
6 全集第19巻、S. 242 f.
7 全集第35巻、S. 41
8 防水・防護に適した耐水性の帆布。
9 Hans Magnus Enzensberger (Hg.), *Gespräche mit Marx und Engels*, Frankfurt/Main 1973, S. 709 f.

10 全集第4巻、S. 481
11 Giovanni Arrighi, Hegemony Unravelling, in: *New Left Review* 33, S. 4
12 ヴィルヘルム・リープクネヒト、『モールと将軍』所収、S. 102

第2章 アルジェ

1 この章におけるいくつかのディテールとヒントはMarlene Vesper（マルレーネ・ヴェスパー）の著書『Marx in Algier』（アルジェのマルクス、Bonn 1995）に拠っている。
2 全集第19巻、S. 29
3 全集第35巻、S. 292
4 Richard Friedenthal, *Karl Marx*, München, Zürich 1981, S. 597
5 全集第35巻、S. 299
6 前掲書、S. 44 ff.
7 同前。
8 同前。
9 Marlene Vesper, *Marx in Algier*, Bonn 1995, S. 59
10 化膿性汗腺炎はしこりとなったところに膿がたまる膿瘍が繰り返し現れるのが特徴で、治りにくく、瘢痕《はんこん》が残る。
11 全集第23巻、S. 189

12 フランシス・ウィーン『カール・マルクスの生涯』、S. 220 ff.
13 全集第35巻、S. 309
14 フランツィスカ・クーゲルマン、『モールと将軍』所収、S. 259
15 全集第35巻、S. 49 f.
16 同前。
17 前掲書、S. 311
18 Charles Fourier in: Thilo Ramm (Hg.), *Der Frühsozialismus*, Stuttgart 1968, S. 100
19 Charles Fourier, Ein Fragment über den Handel, übersetzt von Friedrich Engels, in: MEGA I, 4, S. 409 ff.
20 Marlene Vesper, *Marx in Algier*, Bonn 1995, S. 59
21 全集第35巻、S. 57
22 前掲書、S. 61

第3章 モンテカルロ、カジノ資本主義

1 全集第35巻、S. 68 f.
2 「金メッキ時代」はアメリカ経済が最初の全盛期を迎えた十九世紀の第4四半世紀を指す。頽廃の時代でもあった。
3 同前。

4 前掲書、S. 62
5 前掲書、S. 327
6 Youtubeには（一八八〇年に書かれた）この歌のさまざまなバージョンが見つかる。たとえば：
http://www.youtube.com/watch?v=Gx1SWS1MFbU.
7 全集第35巻、S. 327
8 全集第30巻、S. 665
9 ゲオルク・ジンメル『貨幣の哲学』、S. 714
10 全集第35巻、S. 65 ff.
11 アウグスト・ベーベル『婦人論』、S. 515 f.
12 全集第23巻、S. 788
13 Thomas Assheuer, Der große Ausverkauf, in: *Die Zeit*, 14/2008, S. 49
14 全集第31巻、S. 132
15 全集第35巻、S. 330
16 同前。
17 前掲書、S. 76
18 Jörn Schütrumpf (Hg.), *Jenny Marx*, Berlin 2008, S. 43 f.
19 全集第35巻、S. 76
20 同前。
21 同前。

22 同前。

23 同前。

24 同前。

25 前掲書、S. 85

26 前掲書、S. 91

第4章 ロンドンに帰る、そして死

1 全集第35巻、S. 105

2 エレナ・マルクス＝エーヴリング、『モールと将軍』所収、S. 140

3 ジェルジ・ルカーチ『小説の理論』、S. 47

4 Rolf Hecker, Marx mit der MEGA neu lesen, in: *Junge Welt*, 05. 05. 2008

5 ヴィルヘルム・リープクネヒト、『モールと将軍』所収、S. 99

6 アウグスト・ベーベル『婦人論』、S. 510

7 同前。

8 全集第35巻、S. 289

9 前掲書、S. 421

10 Charles Fourier, in: Thilo Ramm (Hg.), *Der Frühsozialismus*, Quellentexte, Stuttgart 1968, S. 116 f.

11 アウグスト・ベーベル『婦人論』、S. 520 ff.
12 エレナ・マルクス＝エーヴリング、『モールと将軍』所収、S. 407 f.
13 アウグスト・ベーベル、『モールと将軍』所収、S. 444
14 全集第19巻、S. 83-88, 230 ff., 494 ff.;『ベーベル自叙伝』、S. 664
15 アルトゥール・ショーペンハウアー『意志と表象としての世界』続編第41章。
16 全集第4巻、S. 482
17 全集第35巻、S. 460
18『モールと将軍』、S. 369 ff.

エピローグ

1 全集第25巻、S. 917 ff.
2 全集第35巻、S. 444

登場人物

● **カール・マルクス**……１８１８−１８８３。カール・ハインリヒ・マルクス。ドイツ出身でイギリスを中心に活動した思想家、哲学者、経済学者、革命家。家族や親しい相手からは「モーア」と呼ばれる。

● **フリードリヒ・エンゲルス**……１８２０−１８９５。ドイツ出身の社会主義思想家、実業家、共産主義者、革命家。マルクスの家族から「ジェネラル」と呼ばれた。マルクスの終生の同志として経済的にも支援を続け、『資本論』２、３巻の編纂を担う。

● **ヘレーネ・デームート**……１８２３−１８９０。マルクス一家に仕えた家政婦。身の回りのことから生活費の管理まで任されていた。愛称は「レーンちゃん」または「ニム」。息子のフレデリクはマルクスとの子とされる。

● **ヴェーラ・イヴァノーヴナ・ザスーリチ**……１８４９−１９１９。ロシアの女性革命家。労働解放団の依頼でマルクスの著作をロシア語に翻訳した。

● **ヴィルヘルム・リープクネヒト**……１８２６−１９００。ドイツの政治家でドイツ社会民主党の創立者の一人。ロンドンでの亡命生活中にマルクスやエンゲルスと知り合い、共産主義者に。１８６６年にアウグスト・ベーベルとともにザクセン人民党を創設し、１８６８年にアイゼナハでドイツ社会民主党を創立した。

● **アウグスト・ベーベル**……１８４０−１９１３。ドイツの社会主義者でドイツ社会民主党の創立者の一人。

1865年にヴィルヘルム・リープクネヒトがプロイセンから追放されライプツィヒに来たことがきっかけで親友となり、感化されマルクス主義者となった。

●**ヴェーラ・シュティルナー**……デッサウ出身。失恋の傷を癒やすためアルジェを訪れる。

●**リジィ**……リジィ・バーンズ。エンゲルスの連れ合い。

●**妻イェニィ**……1814―1881。イェニィ・フォン・ヴェストファーレン。マルクスの妻。二男四女をもうける。癌で長い闘病生活の末死去。

●**イェニィ**……1844―1883。イェニィ・マルクス・ロンゲ。マルクスの長女。マルクスの死の2カ月前に死去。

●**シャルル・ロンゲ**……1839―1903。マルクスの長女イェニィの夫。フランスのジャーナリスト。

●**ラウラ**……1845―1911。イェニィ・ラウラ・マルクス。マルクスの次女。愛称は「カカドゥー」。

●**ポール・ラファルグ**……1842―1911。マルクスの次女ラウラの夫。フランスの社会主義者、批評家、ジャーナリスト、作家。

●**エレナ**……1855―1898。イェニィ・ユリア・エレナ・マルクス。マルクスの末娘。愛称は「タシィ」。

●**リサガレー**……1838―1901。ロスペ＝オリヴィエ・リサガレー。パリ・コミューンにも参加したフランスのジャーナリスト。エレナと交際していたが、マルクスは二人の年齢差を理由に交際を禁じた。

●**ジョニィ**……マルクスの孫。マルクスの長女イェニィとシャルル・ロンゲの息子。

●ギュスターヴ・フロベール……1821－1880。『ボヴァリー夫人』や『聖アントワーヌの誘惑』『感情教育』などを著したフランスの小説家。

●ルートヴィヒ・クーゲルマン……ドイツの医者。国際労働者協会の一員。マルクスの親友。

●ゲルトルート・クーゲルマン……ルートヴィヒの妻。

●マセ船長……マルクスがマルセイユ港からアルジェまで乗った郵便船サイード号の船長。

●ロベール……マセ船長の息子。

●ルイ・ボナパルト……1778－1846。ナポレオン・ボナパルトの弟。帝国顕官国民軍総司令官、オランダ国王。

●カール・フォークト……1817－1895。科学者、哲学者や政治家。フランス皇帝に密かに雇われていた。

●ミハイル・アレクサンドロヴィチ・バクーニン……1814－1876。思想家で哲学者、無政府主義者、革命家。元正教徒で無神論者。1872年の国際組織第一インターナショナル大会でマルクス一派と衝突するなど、マルクス主義、とりわけマルクスの主張したプロレタリア独裁に反対した。現代のアナキストにも影響を与えている。

●マリー＝レオポル・アルベール・フェルメ……アルジェの判事。

●ユリウス・フレーベル……1805－1893。ドイツの地質学者で政治家。アメリカ亡命から恩赦で帰国したのち、ドイツ統一への運動に関与し、新聞編集者や外交官を務めた。

●**ロータル・ブーハー**……1817－1892。ドイツのジャーナリスト、政治家。

●**オト・フォン・ビスマルク**……1815－1898。ロシアおよびドイツの政治家、貴族。プロイセン王国首相、北ドイツ連邦首相、ドイツ帝国首相を歴任した。ドイツ統一の中心人物であり、「鉄血宰相」の異名を取る。

●**フェルディナント・ラサール**……1825－1864。ロシアの政治学者、哲学者、法学者、社会主義者、労働運動指導者。

●**フェルディナント・フォン・ヴェストファーレン**……1799－1876。フェルディナント・オットー・ヴィルヘルム・ヘニング・フォン・ヴェストファーレン。マルクスの妻イェニィの兄。1850年から1858年までプロイセンの内務大臣を務めた。

●**グラント・ダフ**……1829－1906。マウントスチュアート・エルフィンストーン・グラント・ダフ。スコットランドの政治家。

●**アリス夫人**……マルクスが逗留したペンション・ヴィクトリアの女性オーナーの一人。

●**ロザリ**……ペンション・ヴィクトリアの家事手伝い。

●**カステラス夫人**……ペンション・ヴィクトリアに滞在する女性。

●**モリス・カステラス**……医師・薬剤師。カステラス夫人の息子。カステラス夫人とともにペンション・ヴィクトリアに滞在する。

●**クロード夫人**……スイスのヌシャテル出身。ペンション・ヴィクトリアに滞在する。

●アルマン・マニャデール……ペンション・ヴィクトリアに滞在する男性。

●シャルル・ウジェーヌ・ステファン……アルジェの名医。ユリウス・フレーベルの一家や、アルジェ滞在中のマルクスを診察する。

●オーギュスト・ルノワール……1841―1919。ピエール＝オーギュスト・ルノワール。フランスの印象派の画家。後期から作風に変化が表れ始めたので、まれにポスト印象派の画家とされることもある。

●ジュール・ゲード……1845―1922。フランスの社会主義者、政治活動家。フランス社会党の創立に参加した。

●シャルル・フーリエ……1772―1837。フランソワ・マリー・シャルル・フーリエ。フランスの哲学者、倫理学者、社会思想家。「空想的社会主義者」を代表する人物の一人。マルクスやその継承者によって「空想的社会主義」と批評されたが、エンゲルスはフーリエを偉大な批評家と評価した。

●ゲタン・レオン・デュランド……アルジェの判事。フェルメの友人。植物学の教授。

●ブラニツキ伯爵／銀行家のゴティエ……アルジェリアの植民地政策で、フランス政府から重要な鉄道路線を敷設する独占権を与えられた。

●ピタースバロウ……ロンドンのワイン商。

●ジェイムズ・ハイド・ヘイズン……フレーベルの娘の夫。シカゴ出身の裕福なアメリカ人。

●ハインリヒ・マン……1871―1950。ルイス・ハインリヒ・マン。ドイツの作家、評論家。『ウンラート教授』や『アンリ四世の青春』など多くの著作がある。

●**クーネマン**……モナコ人の医師。マルクスを診察する。

●**チャールズ・ダーウィン**……1809－1882。チャールズ・ロバート・ダーウィン。イギリスの自然科学者、地質学者、生物学者。進化論を提唱し『種の起源』などを著した。

●**フレデリク**……1851－1924。マルクス家の家政婦。ヘレーネの息子。マルクスの実子とされる。本人はマルクスの子であることを知らないまま生涯を終えた。

●**カロリーネ・シェーラー**……マルクス家の家庭教師。マルクスの義弟と婚約していたことがあるが、破談した。

●**フランツィスカ・クーゲルマン**……ルートヴィヒ、ゲルトルート夫妻の縁者。

●**ジョゼフ・ロア**……翻訳者。『資本論』をフランス語に翻訳した。

●**フリードリヒ・レスナー**……1825－1910。ドイツの裁縫職人。マルクスとエンゲルスの盟友。共産主義同盟員。

●**ゲオルク・ロホナー**……マルクスとエンゲルスの盟友。共産主義同盟員。

●**サー・エドウィン・レイ・ランケスター**……1847－1929。イギリスの動物学者。

●**カール・ショルレマー**……化学教授。

●**ルイーゼ・シュトラッサー＝フライベルガー**……エンゲルスの秘書として『資本論』2巻の出版を助けた。

●**カール・カウツキィ**……1854－1938。ドイツの政治理論家、革命家、政治家、哲学者、経済学者。

イギリス
スイス
フランス
モナコ公国
アルジェリア
①
②
③
④
⑤
⑥
⑦
⑧
⑨
軌跡
①ロンドン、メイトランド・パーク・ロード
マルクスの自宅
1882年9月末、マルクス、
一度自宅に戻る
1883年3月14日、マルクス、
書斎で息を引き取る
②パリ、リヨン駅
1882年2月16日、マルクス、
娘たちに見送られ療養の旅へ
③マルセイユ
1882年2月18日、マルクス、
郵便船でアルジェへ
④アルジェ
マルクス、ペンション・ヴィクトリアに
2ヵ月滞在
1882年5月2日に港から発つ
⑤カンヌ
マルクス、短期滞在
⑥モンテカルロ
マルクス、1カ月滞在
⑦アルジャントゥイユ
マルクス、何週間か滞在し家族に会う
⑧レマン湖畔、ヴヴェイ
マルクス、次女ラウラに付き添われて
約1カ月療養
⑨ワイト島ヴェントナー
マルクス、数ヵ月療養

年譜

一八一八年	カール・マルクス、トリールで弁護士ハインリヒ・マルクスと妻ヘンリエッテの間に生まれる。
一八二〇年	フリードリヒ・エンゲルス、バルメン(現在のヴッパータール)で生まれる。
一八三八年	マルクスの父ハインリヒ死去。
一八四二年	マルクス、『ライン新聞』への協力を始め、主筆となる。マルクスとエンゲルス、初めて会う。
一八四三年	マルクス、『ライン新聞』の編集部を退く。マルクス、イェニィと結婚する。マルクス、パリに移る。
一八四四年	マルクスの長女イェニィが生まれる。マルクスとエンゲルスの親交と協力が始まる。
一八四五年	マルクス、パリから追放されベルギーに移る。マルクスとエンゲルスの最初の共著『聖家族』がフランクフルトで出版される。マルクスの次女ラウラが生まれる。
一八四六年	マルクスとエンゲルス、ブリュッセルで共産主義通信委員会を創立する。マルクス、パリに移る。
一八四七年	マルクスの息子エトガーが生まれる。ロンドンで共産主義者同盟第1回大会が開催される。マルクスの著書『哲学の貧困。プルードンの「貧困の哲学」への返答』がブリュッセルでフランス語で出版される。マルクスとエンゲルス、共産主義者同盟第2回大会に参加する。
一八四八年	マルクス、パリから追放されブリュッセルに移る。フランスで二月革命が起こる。『共産党宣言』がロンドンで出版される。マルクス、ベルギーから追放されブリュッセルからパリにに移る。

一八四九年　マルクスの息子グイードが生まれる。マルクス、パリから追放されイギリスに移る。

一八五〇年　マルクス、スイスから追放されたヴィルヘルム・リープクネヒトと出会う。マルクスの息子グイード死去。

一八五一年　マルクスの娘フランツィスカが生まれる。

一八五二年　マルクスの娘フランツィスカ死去。

一八五五年　マルクスの三女エレナが生まれる。マルクスの息子エトガー死去。

一八五九年　マルクスの著書『経済学批判、第1冊』がベルリンで出版される。

一八六三年　マルクスの母ヘンリエッテ死去。

一八六四年　ロンドンで国際労働者協会の創立集会が開催される。協会の暫定委員としてマルクスが選出される。

一八六七年　マルクスの主著『資本論』の1巻が出版される。

一八六八年　マルクスの次女ラウラ、ポール・ラファルグと結婚。

一八七〇年　マルクス、ロンドンへ移る。

一八七一年　パリ・コミューン。マルクスの長女イェニィ、シャルル・ロンゲと結婚。

一八八一年　マルクスの妻イェニィ死去。

一八八二年　マルクス、アルジェ、南フランス、スイスに旅行し、娘のイェニィやラウラを訪ねる。

一八八三年　マルクスの娘イェニィ死去。マルクス、ロンドンで死去。ハイゲート墓地に葬られる。

訳者あとがき

本書は、Hans Jürgen Krysmanski著『Die letzte Reise des Karl Marx』の全訳である。

著者のハンス・ユルゲン・クリスマンスキは一九三五年生まれのドイツの社会学者で、一九七一年にヴェストファーレン・ヴィルヘルム大学（通称ミュンスター大学）の正教授となり、社会学研究所長を務めた後、二〇〇一年に退職、同大学から名誉教授の称号を贈られている。一九七六年から九一年まで世界平和評議会理事、現在はトービン税の導入を目指す社会運動団体Attacの学術顧問を務め、ローザ・ルクセンブルク財団会員にもなっている。専門は科学社会学で、学術的な著作のほかに、『0,1 % - Das Imperium der Milliardäre（0・1%――ビリオネア帝国）』『Hirten & Wölfe: Wie Geld- und Machteliten sich die Welt aneignen（羊飼いと狼――金や力のエリートはいかにして世界を手中にしているのか）』など一般向けの著書も出している。

さて、そんな社会学の泰斗がマルクスの晩年に光を当て、「素顔」のカール・マルクスを描き出そうとした。ここで言う「素顔」とは文字どおり、「予言者髭」を剃り落とし「かつら頭」をばっさりとやった顔という意味である。だが、すでにまわりからマルクス主義の創唱者として偶像視され、トレードマークとなっていた相貌をみずから捨て去るということは、人として生まれ変わることに等しい。膨大な著作とおびただしい数の手紙からその一文を拾い上げた著者の想像力は一気に膨らんでいく。

もともと映像化のための資料集めとして始めたと言うだけあって、そうした数々の素材を再構成して出来上がったものはすこぶる視覚的で、小説や伝記などの手法とは一風違った味わいを見せている。何でも、映画の世界では撮影に入る前段階としてそれぞれのシーンを具体的にイメージした「絵コンテ」というものを作るそうだが、これはその文字版と言っていい（実際、そういうのを「字コンテ」と言うらしい）。

冒頭の髭と髪をばっさりとやる象徴的なシーンから、一転、時間は三カ月ほどさかのぼって、エンゲルスから資金援助を受けて療養の旅に出ることにしたマルクスに飛び、以後はマルクスの足跡を順次、マルクス自身の手紙をもとに丹念に追っていく。パリからマルセイユまでの鉄道の旅、アルジェまでの船旅。その途上での若い女性との邂逅。夢のなかで去来するさまざまな過去の記憶。亡くなった妻のこと。アルジェでは現地の人たちと交遊を深め、「アルジェ一の名医」のもと病気の治療に専念する。化膿性汗腺炎、慢性気管支炎、胸膜炎、肝臓病……。だが、アルジェに吹き荒れる南風《シロッコ》は体の負担になるだけで、ついにはいたたまれなくなって、カンヌ経由でモンテカルロへと向かう。そこでは賭博に明け暮れる富豪たちを目の当たりにし、誘われるがままにカードゲームにも参加。その体験の分析から、やがてカジノ資本主義の対処法の考察へと移って行く——。

具体的なシーンの合間には〈マルクスの夢〉として著者の思いが差しはさまれる。著者が「ヒストラーブ」と名づけたメモ書きの山の一端も。著者自身は、これはまったくの創作だと言っているが、マルクスがそうしたメモ書きを残していたことは事実のようで、それについては、ルドルフ・ヴァルターという歴史専門のジャーナリストが、あるラジオ番組の書評コーナーで本書を取り上げ、こう証言している。「最晩年の一年間、マルクスはアルジェに行っても、またモンテカルロに赴いても、カジノ資本主義や当時盛んになっていた株式投機に取り組んでいました。それを数学モデルできちんと説明し、魔法でも何でもないことを見せてやろうというつもりだったのです。もっとも、どこに行っても旅先のことゆえ必要な文献が思うにまかせず、公的な図書館もろくになかったので、数学モデルの構築ぐらいしかできなかったという事情もありました。このことが明らかになったのは一九七二年から刊行されている第二次『マルクス・エンゲルス全集』（MEGA2）でのことですが、本来ならばそれらも、後に見つかった抜き書きや草稿、調べもののメモなどと同様に大著『資本論』の続巻に組みこまれてしかるべきものでした。しかし、マルクス自身はヘーゲルの流れを汲んで、体系に仕上げないことには公にできないと考えていたため、結果的にその全体像は日の目を見ることにならなかったのです。このへんの経緯については『マルクス・レーニン主義という完璧な体系』に拠る旧来のイデオローグに抗して始まった新しい研究によって裏づけがなされています。マルクスは一八八三年三月十四日に亡くなりましたが、後に遺されたのはおよそ体系と呼べるものではなく、山のような断片だけでした」

映像化の構想が頓挫した理由はつまびらかではないが、本書を通読するかぎり、このような形での刊行のほうが実際の映像よりも〈マルクスの夢〉＝著者の思いは受け手に確実に伝わるような気がする。ここに提示されたコンテをもとにめいめいが「素顔」のマルクスを頭に思い浮かべつつ、「マルクス・レーニン主義という完璧な体系」にとらわれることなく、マルクスが己の死を予感しながらもその視線の先に見据えていたものに思いを馳せてみてはいかがだろう。

なお、訳出にさいし、引用部分に関しては、大月書店版『マルクス＝エンゲルス全集』を初め、邦訳の出ている文献には逐一当たって、その訳文を参考にしたことをお断りしておく。この場を借りて、先人の労に感謝の意を表したい。

猪股和夫

二〇一六年四月

参考文献（日本語版が出ているものは書名のみ『　』付きで記した）

Arrighi, Giovanni, Hegemony Unravelling – 2, *New Left Review* 33, Mai/Juni 2005

Assheuer, Thomas, Der große Ausverkauf, in: *Die Zeit*, 14/2008

Bebel, August, *Aus meinem Leben*, Bonn 1997『ベーベル自叙伝』

Bebel, August, *Die Frau und der Sozialismus*, Berlin 1946『婦人論』

Enzensberger, Hans Magnus (Hg.): *Gespräche mit Marx und Engels*, Frankfurt/Main 1973

Friedenthal, Richard, Karl Marx. *Sein Leben und seine Zeit*, München/Zürich 1981

Hecker, Rolf, Marx mit der MEGA neu lesen, *Junge Welt*, 05. 05. 2008

Lukács, Georg, *Die Theorie des Romans*, Darmstadt/Neuwied 1982『小説の理論』

Marx, Karl und Friedrich Engels, *Werke* (MEW), Berlin 1956 ff.『マルクス＝エンゲルス全集』

Mohr und General, Erinnerungen an Marx und Engels, Berlin 1965『モールと将軍』

Ramm, Thilo (Hg.): *Der Frühsozialismus. Quellentexte*, Stuttgart 1968

Schopenhauer, Arthur, *Die Welt als Wille und Vorstellung, Zweiter Band* (1844)『意志と表象としての世界』続編

Schütrumpf, Jörn (Hg.), *Jenny Marx*, Berlin 2008

Simmel, Georg, *Philosophie des Geldes*, Frankfurt/Main 1989 (1900)『貨幣の哲学』

Vesper, Marlene, *Marx in Algier*, Bonn 1995

Wheen, Francis, *Karl Marx*, München 2002『カール・マルクスの生涯』

ハンス・ユルゲン・クリスマンスキ

一九三五年生まれ。ドイツの社会学者。ヴェストファーレン・ヴィルヘルム大学名誉教授。専門は科学社会学。学術書のほか、『羊飼いと狼——金や力のエリートはいかにして世界を手中にしているのか』（未邦訳）など一般向けの著書もある。

猪股和夫

一九五四年生まれ。新潮社校閲部を経て、翻訳者になる。主な訳書に『資本の世界史 資本主義はなぜ危機に陥ってばかりいるのか』『自爆する若者たち——人口学が警告する驚愕の未来』『首斬り人の娘』『猟犬』などがある。

マルクス最後の旅

二〇一六年六月二九日　第一版第一刷発行

著者　ハンス・ユルゲン・クリスマンスキ
訳者　猪股和夫
ブックデザイン　鈴木成一デザイン室
イラストレーション　西山寛紀
発行人　落合美砂
編集　團奏帆
営業担当　林 和弘
発行所　株式会社太田出版
〒一六〇—八五七一 東京都新宿区愛住町二二第三山田ビル四階
電話〇三—三三五九—六二六二
振替〇〇一二〇—六—一六二一六六
ホームページ http://www.ohtabooks.com
印刷・製本　中央精版印刷株式会社

定価はカバーに表示してあります。

ISBN978-4-7783-1525-2 C0098